AF748492

www.ingramcontent.com/pod-product-compliance
Lightning Source LLC
LaVergne TN
LVHW010833051026
849532LV00007B/2691

9789358725834

زندگی اک گیت ہے

(افسانے)

ابراہیم شفیق

Zindagi ek geet hai *(Short Stories)*

by: Ibrahim Shafiq

Edition: January '2025

Publisher :

Taemeer Publications LLC (Michigan, USA / Hyderabad, India)

ISBN 978-93-5872-583-4

9 789358 725834

کتاب	:	**زندگی اک گیت ہے** (افسانے)
مصنف	:	**ابراہیم شفیق**
صنف	:	فکشن
ناشر	:	تعمیر پبلی کیشنز (حیدرآباد، انڈیا)
سالِ اشاعت	:	۲۰۲۵ء
صفحات	:	۱۰۲
سرورق ڈیزائن	:	تعمیر ویب ڈیزائن

فہرست

پیش لفظ

ڈاکٹر مغنی تبسم

میرے لئے یہ بڑی خوشی کی بات ہے کہ میرے دوست ابراہیم شفیق کی کہانیوں کا مجموعہ شائع ہو رہا ہے۔ اس مجموعے کو اب سے بہت پہلے شائع ہونا چاہیے تھا۔ ایسا ہوتا تو افسانہ نگار کی حیثیت سے ابراہیم شفیق کو وہ مقام جلد حاصل ہو جاتا جس کے وہ مستحق تھے اور وہ خود بھی اس فن کی راہ میں زیادہ تیزی سے آگے کی منزلوں کی طرف گامزن ہوتے۔ اس مجموعے کی اشاعت کے ساتھ ابراہیم شفیق کی افسانہ نگاری کا ایک دور ختم ہوتا ہے۔ "بلند کی پیاس" اور دوسری کہانیاں لکھ کر انہوں نے اپنے لئے ایک نئی راہ تلاش کر لی ہے۔ اب ان کا فن عصری تقاضوں سے زیادہ ہم آہنگ ہو گیا ہے۔ اس کے باوجود اس مجموعے کی کہانیوں کی اہمیت کم نہیں ہوتی۔ یہ کہانیاں گوناگوں خوبیوں کی وجہ سے اب بھی دلکشی اور جاذبیت رکھتی ہیں۔ اور یقین ہے کہ دلچسپی سے پڑھی جائیں گی۔

ان کہانیوں کا نمایاں وصف وہ ادبیت ہے جو زبان کے استعمال

اور طرز اظہار میں جھلکتی ہے۔ ان کی زبان شستہ اور شائستہ معیاری زبان ہے۔ وہ زبان کو محض داستان سرائی اور واقعہ نگاری کے لئے استعمال نہیں کرتے بلکہ اس کے ادبی اور تخلیقی منصب کو ہمیشہ ملحوظ رکھتے ہیں۔ لہجے میں ایسی شگفتہ متانت ہے جو حزن کے احساس کو دھیما کر دیتی ہے۔

ابراہیم شفیق کو کہانی کی صناعت پر کافی دسترس حاصل ہے۔ وہ قصّے کو دلچسپ بنانے اور قاری کی دلچسپی کو آخر تک قائم رکھنے کا ہنر بھی جانتے ہیں۔ ان کی کہانیوں کے پلاٹ عام طور پر اتنے گٹھے ہوئے ہوتے ہیں کہ کہیں جھول پیدا نہیں ہوتا۔ انھوں نے کہانی کے فارم میں بہت عرصے تک کوئی تجربے نہیں کئے۔ البتہ جدید تر کہانیوں میں روایتی فارم کو توڑنے کی کوشش ملتی ہے۔ چند کہانیوں کے تھیم بالکل نئے اور اچھوتے ہیں۔

ابراہیم شفیق مزاج کے اعتبار سے شاعر ہیں۔ ان کی کہانیاں عام طور پر شدید داخلی احساس اور جذبات کی پیداوار ہوتی ہیں جن کی تہ میں رومانی تخیل پسندی اور انسانیت دوستی کارفرما نظر آتی ہے۔ ان کے کردار سماج کے ستائے ہوئے یا قسمت کے مارے ہوئے لوگ ہیں۔ جنھیں زندگی سے پیار ہے لیکن زندگی سے زیادہ وہ اصول اور وہ قدریں انھیں عزیز ہیں جن کے مطابق وہ زندگی بسر کرنا چاہتے ہیں۔ اس کی خاطر وہ مصائب جھیلتے اور ایثار و قربانی سے کام لیتے ہیں (رشیدہ، روپ متی، نرجس، سہیل، فرخ، صفیہ، وجے نیل وغیرہ) اپنے مخصوص اخلاقی اور سماجی تصورات کی مدد سے افسانہ نگار نے ایک ایسی دنیا تخلیق کی ہے جس میں زندگی چند خاص انسانی اور معاشرتی رشتوں میں جکڑی ہوئی دکھائی دیتی ہے۔ غالباً یہی وجہ ہے کہ ان کہانیوں میں منفرد کردار نہیں ملتے۔ کردار نگاری ان کہانیوں کا مقصد اور مطمح نظر بھی

نہیں رہی ہے۔ ان کا موضوع عام آدمی کی تقدیر ہے، اس کی زندگی ہے، اس کی چھوٹی چھوٹی خواہشیں اور اُمنگیں ہیں، اس کے دکھ اور مسرتیں ہیں جو افسانہ نگار کے تجربوں اور مشاہدات سے گزر کر اس کے اپنے محسوسات اور واردات بن جاتے ہیں اور وہ انھیں کہانی کی شکل میں پیش کر دیتا ہے۔ اس داخلیت کی وجہ سے ان کہانیوں میں وہ حصے زیادہ اثرانگیز ہو گئے ہیں۔ جہاں جذبات نگاری کی گئی ہے۔

ابراہیم شفیق کی کہانیاں عام طور پر مقصدی ہوتی ہیں۔ ایک وسیع انسان دوستی کے نقطۂ نظر سے وہ مسائل اور حالات کا جائزہ لیتے ہیں اور اپنے احساسات اور خیالات کو پورے خلوص کے ساتھ پیش کرتے ہیں۔ یہ ایک اچھی بات ہے کہ وہ کسی بندھے ٹکے نظریے کو سطحی انداز میں قبول کر کے اسے میکانیکی انداز میں برتنے کی کوشش نہیں کرتے۔

اس مجموعے کی زیادہ تر کہانیاں عام پسند رسائل کے لئے لکھی گئی ہیں شعوری یا غیر شعوری طور پر وہ کسی حد تک اس مذاقِ عام سے متاثر ہوئے بغیر نہیں رہ سکے جو ادب کو تفریح اور وقت گزاری کا ذریعہ سمجھتا ہے۔ اس کے باوجود انھوں نے اپنے افسانوں کو ادب کی سطح سے گرنے نہیں دیا۔ افسانہ نگاری کے ابتدائی دور میں وہ کرشن چندر اور دوسرے ایسے افسانہ نگاروں سے متاثر رہے جو حقیقت نگاری کے دعوے کے باوجود عینیت پسند اور جذباتی ادیب تھے۔ اب وہ اس اثر سے آزاد ہو چکے ہیں۔

ابراہیم شفیق میں ایک اعلیٰ پایہ کے ادیب اور افسانہ نگار کی تمام صلاحیتیں موجود ہیں۔ ان کی یہ صلاحیتیں جس طرح بروئے کار آنے لگی ہیں۔ اس کا اندازہ ان کی نئی کہانیوں کے مطالعے سے ہوتا ہے اور جس کا ایک نمونہ

کہانی "بوند کی پیاس" ہے۔ یہ کہانی دوسری تمام کہانیوں سے مختلف ہے اور ابراہیم شفیق کے فن میں ایک نئے موڑ کا پتہ دیتی ہے۔ اس کہانی کا طرزِ احساس اور پیرایۂ اظہار بالکل بدلا ہوا ہے۔ واحد متکلم جو اس کہانی کا تنہا کردار اور ہیرو بھی ہے ایک پیچیدہ شخصیت ہے۔ سماج، زندگی اور کائنات سے اس کے رشتے بھی بہت گنجلک ہیں۔ بہ ظاہر اس کی زندگی کا بنیادی مسئلہ سیدھا سادہ اقتصادی مسئلہ ہے۔ لیکن وہ محض اقتصادی حیوان نہیں ہے۔ ایک ضرب لگتی ہے تو اس کی شخصیت کا سارا آہنگ بگڑ جاتا ہے۔ وہ ایک سے دو اور دو سے کئی ہو جاتا ہے۔ ابراہیم شفیق نے اپنے افسانے میں اس پیچیدہ شخصیت کی داخلی کشمکش اور اس کے فشار کو بڑی چابک دستی سے پیش کیا ہے۔ یہ کہانی اس بات کا ثبوت ہے کہ ان کا فن افسردہ اور بے روح نہیں ہوا ہے بلکہ اسے ایک حیاتِ نو ملی ہے۔ ایسا معلوم ہوتا ہے کہ کہانی کا پرانا فارم ان کی فن کارانہ بصیرت کے اظہار میں مانع تھا اور اب روایتی افسانے کے بند کو توڑ کر ان کا فن ایک سیل کی مانند رواں ہوا ہے۔ امید ہے کہ جس کہانی پر اس مجموعے کا خاتمہ ہوا ہے وہ افسانوں کے ایک دوسرے مجموعے کا حرفِ آغاز بنے گی ——————— ○

سلف پورٹریٹ

○ آؤٹ لائین

ایک مصور کے لئے جہاں دوسروں کی تصویریں بنانا ایک سہل کام ہے وہاں خود اپنی تصویر کو رنگوں کی زبان دینا ایک عجیب و غریب مرحلہ۔ اپنی تصویر بناتے وقت ایک مصور جن کیفیات سے دوچار ہوتا ہے کچھ ویسے ہی جذبات میں اس وقت محسوس کر رہا ہوں۔ رنگوں کے اس دھندلکے میں میری نظریں دور ماضی کی طرف لوٹتی ہیں تو مجھے محمد ابراہیم خاں کے اندر سے جھانکتا ہوا وہ ابراہیم شفیق نظر آتا ہے جو ابھی ہائی اسکول کا طالب علم تھا۔ اور چنچل گوڑہ ہائی اسکول کے "دیواری اخبار" کا ایڈیٹر تھا۔ یہ ۱۹۴۹ء کی بات ہے اسی زمانے میں پہلی بار میں ابراہیم شفیق کے ادبی نام سے حیدرآباد دکن سے نکلنے والے بچوں کے ماہنامے "تارے" میں لکھنے لگا۔ کچھ دنوں بعد "تارے" کے ایڈیٹر جناب مسلم ضیائی ایم۔اے نے مجھے "تارے" کا جائنٹ ایڈیٹر بنا لیا۔ اس وقت میری عمر بمشکل پندرہ برس تھی۔

ابتداء میں ایک عرصے تک میں بچوں کے لئے لکھتا رہا اور باقاعدہ افسانہ نگاری میں نے ۱۹۵۳ء سے شروع کی۔ اس وقت میں سٹی سائنس کالج حیدرآباد میں انٹرمیڈیٹ کا طالب علم تھا۔ ۵۵ء میں جبکہ عثمانیہ یونیورسٹی میں بی ایس سی سال دوم کا طالب علم تھا بین کلیاتی مقابلہ افسانہ نویسی میں میرے افسانے "کون بڑا ہے" کو انعام اول ملا۔

اس وقت میری افسانہ نگاری کی عمر کوئی سترہ سال ہے۔ ان سترہ برسوں میں میں نے ہند و پاک کے بیشتر ادبی رسائل کے لئے افسانے لکھے اور متعدد بار آل انڈیا ریڈیو حیدرآباد سے میری کہانیاں نشر ہوتی رہیں۔ کئی بار افسانوں کے مجموعے کی اشاعت کا خیال آیا۔ لیکن طبیعت اس طرف مائل نہیں ہوئی ـــ مجھے یہ تسلیم ہے کہ میرے افسانوں کے اس پہلے مجموعے کو اب سے بہت پہلے شائع ہونا چاہیے تھا۔ لیکن زیر نظر مجموعہ بھی، ابھی شائع نہ ہوتا اگر میرے مخلص دوست و کرمفرما جناب ڈاکٹر مغنی تبسم نے اس سلسلے میں خصوصی دلچسپی نہ لی ہوتی!

میری افسانہ نگاری کے سترہ سالہ عرصے میں جہاں ملکی اور غیر ملکی حالات میں نت نئی تبدیلیاں آئیں وہاں عام زندگی اور ادب میں بھی مختلف رجحانات ظہور پذیر ہوتے رہے۔ ہو سکتا ہے نادانستہ اور بالواسطہ طور پر ان کا اثر تو میری تخلیقات پر بھی پڑا ہو لیکن ایک بات تو میں پورے یقین سے کہہ سکتا ہوں کہ میں نے کبھی کسی بندھے ٹکے اصول کی پابندی نہیں کی۔

میرے جو کچھ بھی ذاتی مشاہدات ہیں میری تحریریں ان کا بھی ردّ عمل ہیں ---- اپنے تجربات احساسات اور مشاہدات کی اسی دولت کو لیئے میں افسانہ نگاری کے راستے پر چل رہا ہوں۔

والد محترم جناب محمد حبیب خان صاحب چونکہ اعلیٰ درجہ کے مصور اور شاعر ہیں اس لیئے فنِ مصوری گویا مجھے ورثے میں ملا ہے۔ اور نثر لکھتے ہوئے اکثر محسوس ہوتا ہے کہ میرے اندر کوئی شاعر بھی موجود ہے ---!

● کلر رنگ

افسانوں کے اس مجموعے میں مطبوعہ و غیر مطبوعہ چودہ افسانے شامل ہیں۔ مطبوعہ افسانوں کے انتخاب میں میں نے اس بات کا خیال رکھا ہے کہ وہ آج بھی پڑھنے والوں کی دلچسپی کا باعث بنیں بشرکیک مجموعہ چودہ منتخب افسانوں کو میں نے تین حصوں میں تقسیم کیا ہے ---- "نقطے" میں میری افسانہ نگاری کے ابتدائی دور کی کہانیاں ہیں --- "لکیریں" میں اس دور کی کہانیاں ہیں جب میں نے غمِ جاناں سے نکل کر غمِ دوراں کی سرحدوں میں قدم رکھا تھا۔ اور "زاویئے" میں اس دور کی کہانیاں ہیں جب فن کار اپنے شعور کی راہیں متعین کر کے آگے بڑھنے لگتا ہے۔ مجھے نئی منزلیں بلا رہی ہیں ---- میرا سفر ابھی جاری ہے۔ گو کہانی لکھنے تک میں نے کہانی کے فارم میں کوئی تجربے نہیں کیئے لیکن ہمیشہ وقت کی نبض پر میرا ہاتھ رہا۔ ہر بار میں نے یہی کوشش کی کہ کسی نئے اور اچھوتے موضوع پر قلم اٹھاؤں ---- افسانہ لکھتے ہوئے موضوع میں تنوّع کے بعد جس چیز کو میں اہمیت دیتا ہوں وہ ہے طرزِ نگارش اور خوبصورت پیش کشی۔ جہاں کسی ادب پارے میں خیال کی گہرائی اور ندرت ہمیں ایک لازوال مسرت سے ہمیں ہمکنار کرتی ہے وہیں خوبصورت اسلوبِ نگارش، الفاظ کی موسیقی اور بات کو پیش کرنے کا سلیقہ، یہ تمام چیزیں تحریر میں ایک نیا جادو جگاتی ہیں۔ اِن کے بغیر بھی نثر کا کوئی ٹکڑا آپ کو چونکا بھی سکتا ہے۔ گرما بھی سکتا ہے۔ ان کے بغیر گہری سے گہری بات کنایوں میں سمجھائی بھی جا سکتی ہے۔ لیکن نثر کے اس ٹکڑے کو میں ادبِ عالیہ نہیں کہوں گا۔ کوئی ادب پارہ پڑھتے ہوئے ہم یہ نہیں چاہیں گے کہ اس میں فلسفہ کی گتھیاں سلجھائی جائیں، نفسیات کے مسائل حل کیئے جائیں، تاریخ، جغرافیہ اور اصول معاشیات پر خامہ فرسائی ہو، نجی جنسی معاملات پر روشنی ڈالی جائے یا پھر ایسی تہمات کا تذکرہ ہو جنھیں پڑھتے ہوئے ہمارے رونگٹے کھڑے ہو جائیں (جبکہ ان موضوعات پر علیحدہ علیحدہ کتابیں مل سکتی ہیں) بلکہ کوئی ادب پارہ ہم اس لیئے پڑھتے ہیں کہ اسے پڑھ کر ہمیں ایک دوامی مسرت حاصل ہوتی ہے۔

...ہماری روح کے دریچے کھلنے لگتے ہیں اور ہم درد کے ایک ایسے دراز رشتے سے منسلک ہونے لگتے ہیں جس سے انسان عبارت ہے ——— دوسری بات جو میں ایک سچی تخلیق کے لئے ضروری سمجھتا ہوں وہ ہے ایمانداری اور سچا خلوص۔ جب تک فنکار کو اپنے موضوع سے سچا خلوص نہیں ہوتا وہ صحیح معنوں میں فنکار نہیں۔ چاہے دوسرے اس موضوع سے اتفاق کریں یا نہ کریں لیکن فن کی عظمت کیلئے فنکار کی اپنے موضوع سے پوری ایمانداری شرطِ اولین ہے۔ اگر کوئی مجھ سے یہ پوچھے کہ میں افسانے کیوں لکھتا ہوں تو میں یہی کہوں گا کہ اپنے دل کی دنیا میں اٹھتے ہوئے ایک نامعلوم طوفان کو اور روح و ادراک پر منعکس ہونے والی بے شمار پرچھائیوں کو جو شائد خارجی کیفیات و حالات کا ردّ عمل ہوتی ہیں میں لفظوں کے ذریعے کاغذ پر بکھیر دیتا ہوں۔ اور ایسا کرتے ہوئے مجھے ایک تسکین ہوتی ہے۔ یہی میرا منصب ہے۔ میرا موضوع وہ انسان ہے جو رنگ و نسل کی درجہ بندی، چھوٹے بڑے کی تفریق، مذاہب کی چار دیواری اور جغرافیائی حدود سے آزاد ہے جو دنیا کا شہری ہے، جسکے دکھ میرے دکھ ہیں اور جسکی مسرتیں میری مسرتیں ——— !! جو امن کا شیدائی، حسن کا پاسبان، تہذیب کا رکھوالا ——— اور ——— دردِ دل کا دیوانہ ہے ——— !! اور جو آج ——— زماں و مکاں سے برسرِ پیکار ہے ———

○ فنشنگ ٹچیس

رسمی اور روایتی فریضۂ تشکر سے ہٹ کر مجھے واقعی ان رنگوں کا شکریہ ادا کرنا ہے۔ جو میری تصویر کو ابھارنے والے اہم رنگ ہیں۔ ان میں سب سے روشن رنگ ہے۔ جناب ڈاکٹر مغنی تبسم ——— جیسا کہ میں نے ابتدا میں ذکر کیا ہے اگر ڈاکٹر صاحب نے اس مجموعے کی اشاعت میں خاص دلچسپی نہ لی ہوتی تو نہ جانے اور کتنے برس اسکی اشاعت عمل میں نہ آتی اور آپ اسے پڑھنے کی زحمت سے بچ جاتے۔ ٹائیٹل کے رنگوں کے انتخاب اور ڈزائن کی تیاری کے سلسلے میں والد محترم جناب حبیب خاں صاحب کا جتنا شکریہ ادا کروں کم ہے۔ میرے چھوٹے بھائی اعظم علی خاں، سکشن آفیسر پی ڈبلیو ڈی کا میں تہہ دل سے ممنون ہوں جن کی بے مثال محبت اور سچے برادرانہ پیار کی وجہ سے مجھے ان کا ہر ممکن تعاون حاصل ہو سکا۔ ناانصافی ہو گی اگر میں میری شریک حیات صفیہ کا شکریہ نہ ادا کروں جس نے پروف ریڈنگ وغیرہ میں میری مدد کی۔ میرے ننھے لڑکے احمد ندیم کو اس بات کا پتہ نہیں، کہ دوران کتابت جناب محمد غالب خوشنویس کے چھوٹے موٹے کام کر کے اس نے بھی میرا کتنا بڑا کام کیا ہے۔

جناب میر اعظم علی پروپرائٹر نیشنل فائن پرنٹنگ پریس اور محبی جناب ہادی رحیل نے طباعتی مراحل میں جس طرح میری مدد فرمائی میں اسکے لئے ان حضرات کا بھی بیحد ممنون ہوں۔ میرے دوست جناب ڈاکٹر حبیب الرحمٰن صاحب اور جناب محمد بہاؤالدین صدیقی کے پرخلوص تعاون کو بھی میں فراموش نہیں کر سکتا۔ آخر میں میں جناب قاری محمد غالب کلیمی خوشنویس کا تہ دل سے شکر گذار ہوں جن کی خصوصی دلچسپی اور جانفشانی کے باعث اس قدر عمدہ کتابت ہو پائی۔

ابراہیم شفیق
——— بنگلہ بینی حیدر آباد دکن ۲۴

اُس کا آنچل

اُس دن الیگزنڈر روڈ پہ میں اکیلا ہی چل رہا تھا۔

رات کے کوئی بارہ بج رہے تھے۔ تھوڑی تھوڑی دیر میں ایک دو موٹریں سنسناتی ہوئی چلی جاتیں۔ پھر چپ ہو جاتا۔ سڑک پہ سہمے ہوئے بجلی کے کھمبے ہوتے، اونگھتے ہوئے سنگیسر کے درخت ہوتے اور سوئی ہوئی کاٹیں ہوتیں۔ جب آوازیں سو جاتی ہیں تو تخیلات کے بال و پر کھل جاتے ہیں اور وہ سفید بگولوں کی طرح اڑنے لگتے ہیں۔ اس وقت بھی آوازیں سو رہی تھیں اور میرا تخیل جاگ رہا تھا۔ نئے نئے خیالات بلبلوں کی طرح میرے ذہن میں ابھر رہے تھے۔ نئی زندگی کی بے شمار راہیں نظر آ رہی تھیں۔ میرے دونوں طرف سہمے ہوئے کھمبے اور اونگھتے ہوئے درخت ہیں۔ یہ راستہ مجھے میری اس گلی میں لے جاتا ہے جہاں میری حقیقی زندگی کا بسیرا ہے۔ جہاں پہنچ کر پیار یا پریم راج نہیں رہتا۔ صرف حقیقت بن جاتا ہوں۔ اس گلی میں اپنی دہلیز پر قدم رکھتے ہوئے کتنا

بار مجھے یہ خیال آتا ہے کہ پریم لاج کا یہ گھر نہیں ہو سکتا۔ جس میں صرف دو کمرے ہیں اور چھتوں میں اتنے بڑے سوراخ کہ اگر بھگوان کو کچھ دینا ہو تو چھپر پھاڑنے کی ضرورت نہیں۔ روز کی طرح میں اس دن بھی اخبار کے دفتر سے واپس آ رہا تھا۔ میرا کام کبھی دس بجے ختم ہو جاتا ہے اور کبھی بارہ بجے۔ کام در اصل زیادہ نہیں صرف اتنا ہے کہ اس اخبار کے پڑھنے والوں کو اپنے قلم سے ہنسا سکوں۔ ایسی چیزیں لکھوں کہ اسے پڑھ کر لوگوں کی کچھ تفریح ہو جائے۔ اکثر اوقات لوگوں کو ہنسانے کے لئے مجھے اپنی ہنسی کا گلا گھونٹ دینا پڑتا ہے۔ اپنے ہونٹوں کی ہنسی چھین کر انھیں دینی پڑتی ہے۔ چاہے گھر میں میری ماں بیمار ہو جائے یا مجھے بخار آ جائے ان لوگوں کو ہنسانے کے لئے مجھے لکھنا پڑتا ہے۔ کیونکہ اگر میرا قلم رک جائے تو میری زندگی کی گاڑی بھی رک جاتی ہے۔

اخبار کے دفتر میں مجھے ایسے خطوط ملتے ہیں جن میں مجھے مبارکبادیاں دی جاتی ہیں۔ اچانک مجھ سے محبت اور ہمدردی ہو جانے کی اطلاعیں ہوتی ہیں۔ ان خطوط میں کوئی خدا کا واسطہ دے کر لکھتا ہے کہ میں ہمیشہ لکھتا رہوں۔ کوئی خدا سے دعا کرتا ہے کہ میری زندگی پھولوں کی طرح مسکراتی رہے۔ میں ان سارے خطوط کو پڑھتا ہوا مسکراتا ہوں۔ میز کی دراز میں ڈال دیتا ہوں یا پھاڑ ڈالتا ہوں۔ مجھے خطوط لکھنے والوں میں ایک ہستی ایسی بھی ہے جسے بھلانے پر بھی میں نہیں بھول سکتا۔ جس کے خطوط پھاڑ ڈالنے کے بعد بھی مجھے اس کے الفاظ یاد رہتے ہیں۔ میں سوچتا ہوں، آخر ایسا کیوں ہوتا ہے؟ اس روز بھی مجھے اس کا ایک تازہ خط ملا تھا۔ اس خط نے میرے خیالات میں ایک تہلکہ مچا دیا تھا۔ اسے جیب میں کھسکا کر میں اس ان جانی ہستی کے بارے میں سوچتا جا رہا تھا جس کے نام سے میں واقف تھا۔ لیکن صورت نہیں دیکھی تھی۔ اس دن چلتے چلتے مجھے ایسا معلوم

ہو رہا تھا کہ ایگزنڈر روڈ پر ہی میں اکیلا نہیں چل رہا ہوں بلکہ اپنی زندگی کے راستے کا بھی تنہا راہی ہوں۔ میرا ہمسفر کوئی نہیں۔ میرا رازداں کوئی نہیں۔ ایسا کوئی نہیں جو میرے ساتھ رو سکے۔ اور میرے ساتھ مسکرا سکے جس کے سہارے میں دنیا کے سارے غم کچھ دیر کے لئے بھول سکوں۔ اپنے آپ کو بھول سکوں اور صرف یہ یاد رہے کہ مجھے کچھ یاد نہیں ہے۔

یہ سوچتے سوچتے میں اپنی اس گلی میں پہنچ چکا تھا جس کا ہر دروازہ جانتا تھا کہ مجھ پر خوشگوار زندگی کے کتنے دروازے بند ہیں اور جس کا ہر دریچہ واقف تھا کہ میرے ارمانوں کا کونسا دریچہ کھلا ہوا ہے۔

مجھے پیار بھرے خطوط لکھنے والی۔ میرے لئے سرد آہیں بھرنے والی ہستی کا نام سروج ہے۔ اس کے خطوط مجھے بتاتے ہیں کہ اس کا ماحول کیسا ہے۔ وہ جہاں رہتی ہے وہاں ہر وقت کلیاں جوان ہوتی ہیں، بہاریں انگڑائیاں لیتی ہیں فضائیں زندگی بخشتی ہیں اور ہوائیں رس گھولتی ہیں۔ اُسے ہر وقت پہاڑوں کی بلند برفیلی چوٹیاں محبت سے تکا کرتی ہیں اس لئے سروج مجھے ان ہی بلندیوں سے دیکھتی ہے شاید اسی لئے میں اُسے بھلا لگتا ہوں اور میری تحریر حسین نظر آتی ہے۔ سروج سمجھتی ہے میری ہر صبح حسین ہے اور ہر شام خوشگوار۔ وہ سمجھتی ہے میں بھی کوئی بلندیوں کا باسی ہوں۔ مسرتوں کا شہزادہ ہوں اور سونے چاندی سے کھیلنے والا !

مجھے ایسا سمجھ کر وہ مجھ سے محبت کا اظہار کرتی ہے تو میں مسکرا دیتا ہوں کچھ یہ سوچ کر کہ میری تحریریں پڑھ کر لوگ مجھے بھی کیا کیا سمجھنے لگتے ہیں۔ اور کچھ یہ سوچکر کہ اس مادی دنیا میں ہر چیز بکاؤ ہے ——— لوگ میرے متعلق کیسے اندازے لگاتے ہیں۔

——— کتنی پگلی ہے وہ کہ مجھے دیکھے بغیر مجھ سے محبت کرنے لگی ہے۔ ایسے محبت بھرے خطوط لکھنے لگی ہے کہ انھیں پڑھ کر پتھر کا دل بھی پگھل جائے خطوط کے جوابات نہ دینے پر وہ مجھ سے اس طرح شکایت کرتی ہے جیسے کوئی اپنوں سے کرتا ہے اور کبھی برہم ہو جاتی ہے تو اس معصومیت سے کہ ——— پھر یہ ہے ہونٹوں کے کونے ذرا سے پھیل جاتے ہیں اور آنکھوں سے ہنسی جھانکتی ہے ——— یا میں دیوانہ ہوں کہ اس کے خطوط کو واقعی اس کے دل کی دھڑکنیں سمجھ رہا ہوں۔ یہ سمجھ رہا ہوں کہ واقعی اُسے مجھ سے محبت ہے۔ اگر وہ مجھے دیوانہ سمجھ رہی ہے تو؟ کبھی کبھی میں یہ بھی سوچتا ہوں۔

اکثر اوقات مجھے اس کی باتوں، اس کی محبت پر یقین کرتے ہوئے تامّل ہوتا ہے۔ کہ اس دور میں محبت کہاں ہے۔ محبت تو شاید اسی وقت ہوا کرتی تھی جب چراغ کے نیچے اندھیرا ہوتا تھا۔ اس دور میں جب انسان چاند کو دیکھ کر عشق اور محبت کی باتیں نہیں سوچتا، بلکہ اس پر جا بسنے کے پلان بناتا ہے تو کوئی کیسے محبت کا یقین کرے؟ اور اب جب کہ انسان کو ایٹم کا سینہ چیرنے ہی سے فرصت نہیں ملتی تو وہ محبت کے لئے کہاں سے وقت نکالے؟! اس لئے میں ان خطوط پر پورا بھروسہ نہیں کر سکتا تھا۔ خطوط سے متعلق مجھے بہت سے دلچسپ واقعات بھی یاد تھے۔ انہیں اپنے گہرے دوستوں کو سنا کر پیار ڈالتا تو وہ رنجیدہ ہو جاتے۔

مجھ سے کہتے۔

"تم کتنے بے رحم ہو یار! کتنے سنگدل ہو!!"

کرشن کہتا ہے۔

"کوئی مجھے اگر ایسے خطوط لکھے تو میں اُسے پانے کے لئے اپنا سب کچھ لٹا دوں گا۔"

"تم کام چھوڑ کر عشق کرتے رہو گے تو کل صبح اخبار وقت پر کیسے نکلے گا؟ ظفر بیچ میں کام کا راگ الاپتا۔

دفتر کے چند دوستوں نے مجھے کتنی بار مشورہ دیا تھا کہ میں کسی کے دل کا تو خیال کروں اور ان خطوط کے جوابات دیا کروں۔ میں انہیں تو کسی طرح ٹال دیتا۔ لیکن اپنے دل میں اندر ہی اندر ایک ایسا احساس پاتا جو شبنم کے قطروں، چاندنی راتوں اور برسات میں اُمڈتے بادلوں کو دیکھ کر ہوتا ہے۔ یا کسی کی آنکھوں کے سمندر میں ڈوبنے پر ہوتا ہے۔ ایک ایسا احساس جو صرف احساس ہے۔ جس کی طرف ایک ہی شکل ہے۔ اور جو حرارت کی طرح کسی دوسری توانائی میں منتقل نہیں ہو سکتا۔

اخبار کے اس دفتر میں ایک نوجوان لڑکی پریسیلا بھی کام کرتی ہے جو آتی ہے تو خوشبو کی ایک لپیٹ بن کر اور جاتی ہے تو بجلی کی چمک بن کر۔ روز میں اُسے دیکھتا ہوں اور وہ مجھے دیکھتی ہے۔ لیکن اس کی آنکھوں کے سمندر میں کوئی تلاطم نہیں۔ کوئی وسعت نہیں اس لئے میری نگاہیں اس سے ٹکرا کر پیاسی ہی لوٹ آتی ہیں۔ میں جب اُس کے برہنہ بازوؤں کو دیکھتا ہوں تو نہ جانے یہ خیال کیوں ہوتا ہے۔ اسے خود اپنے ان بازوؤں پر اختیار نہیں۔ اور اس کے سرخ سرخ ہونٹوں پر جیسے دوسروں سے لی ہوئی ہنسی مسکراتی ہے۔ بھلا وہ لب کیسے اپنی مسکراہٹ دوسروں کو دے سکیں۔ وہ جب چلتی ہے تو ایسا معلوم ہوتا ہے کہ وہ رکنے والی نہیں۔ اس کے خوبصورت جسم کی منزل ابھی دور ہے۔ اُس کی گردش اس سکّے کی طرح ہے جو ٹکسال سے نکلنے کے برسوں بعد پھر وہاں واپس آتا ہے۔ اُس کا آنچل مسکراہٹوں کے لئے بھونروں اور سکّوں کے لئے پھیلا ہوا ہے۔ اس کے

ہے۔ اسے مجھے سارے میں نیند نہیں ملتی۔ بیداری ملتی ہے۔ اس کے آنچل میں آنسوؤں اور ہچکیوں کے سوا کوئی جگہ نہیں۔

ایک دن سروج کا خط پڑھ کر وہ پوچھنے لگی۔

"ابراہیم صاحب۔ یہ سروج کون ہے آپ کی ؟"

"میری قدردان ! " میں نے کہا۔

"وہ تو آپ سے محبت کرتی ہے۔ آپ بھی ضرور اس سے محبت کرتے ہوں گے۔" وہ ٹائپ رائٹر کا کاربن بدلتے ہوئے طنزیہ کہنے لگی۔

"میرا خیال ہے اُسے مجھ سے زیادہ میری تحریر سے محبت ہے۔" میں نے کہا۔

اتنے میں فون کی گھنٹی بجنے لگی۔ وہ اچانک اُس جانب متوجہ ہوئی۔ چپراسی کے بتانے پر کہ اُس کا فون ہے وہ اُٹھ کر بات کرنے چلی گئی۔ واپس آئی تو بہت خوش تھی۔

"کس کا فون تھا ؟" میں نے پوچھا۔

'مسز گوپال کا'

یہ کون ہیں؟

یہ لائف انشورنس کمپنی کے اسسٹنٹ ---

نہیں نہیں ، یہ آپ کے کون ہوتے ہیں؟

میں نے بات کاٹتے ہوئے کہا۔

'میرے بہت اچھے دوست !" وہ اس طرح کہنے لگی جیسے بات نہیں کر رہی ہے آنسوؤں کی بوندیں کا اندازہ لگا رہی ہے۔

"آپ اُن سے محبت نہیں کرتیں ؟"

"میں محبت کو بکواس سمجھتی ہوں پریم صاحب!" یہ کہتے ہوئے اس نے میرے سامنے پڑے ہوئے خطوط پر حقارت کی نظر ڈالی اور ٹائپ رائٹر سے کاغذات نکال کر چلی گئی۔

اس وقت ٹائپ رائٹر اسے حقارت سے دیکھ رہا تھا۔ جس پر اپنے دوست کے لئے ابھی ابھی اس نے یہ الفاظ ٹائپ کئے تھے

"EVEN WHEN I HATED YOU, I LOVED YOU"

ایسے ماحول میں رہ کر میں کسی کی محبت کا کیسے اعتبار کر سکتا۔ پھر بھی دل سے نکلی ہوئی آواز دل کو ضرور جگاتی ہے۔ بہت دور سے بھی زندگی کا پیام آئے تو کون مائل نہیں ہوتا؟ کوئی دل کے اندر جھانکنے کی دعوت دے تو اس سے منہ پھیر لینے کو جی نہیں چاہتا۔ اس لئے میں سروج کے خطوط سے ضرور متاثر ہونے لگا تھا۔ لیکن محبت کو بکواس سمجھنے والے ماحول میں میں نے کبھی اُسے خطوط نہیں لکھے۔ کبھی کبھی ناز کیفے کے ایک گوشے میں بیٹھ کر سروج کو خطوط لکھا کرتا۔ اُس وقت مجھے خیال آتا کہ اس نے میری زندگی کا ایک ہی رخ دیکھا ہے، ایک ہی رنگ دیکھا ہے۔ اگر اس نے دوسرا رنگ بھی دیکھ لیا تو کیا اس کی محبت باقی رہے گی؟ اگر وہ دیکھ لے کہ میں اپنے کمرے ہی میں لیٹ کر تارے گن سکتا ہوں اور ایسے ماحول میں رہتا ہوں جہاں کلیاں تو نہیں، اُمیدیں جوان ہوتی ہیں۔ پھول خوابوں میں کھلتے ہیں۔ اور آنچل صرف خیالوں میں لہراتے ہیں، تو کیا وہ اُس وقت بھی مجھ سے محبت کرے گی؟ میری بلائیں لے گی؟؟ کیا اس کی محبت میرے حالات کی گرم ہواؤں سے سے پگھل تو نہیں جائے گی۔ اور کیا اس کی ہمدردی ہوا کے ایک جھونکے کی طرح ختم تو نہیں ہو جائے گی؟ میں سوچنے لگتا! ______

مجھے غیر مطمئن دیکھ کر وہ کیسے کیسے مجھے اپنی محبت کا یقین دلاتی ہے۔ مجھے وہ لکھتی ہے کہ میں اس پر اس طرح بھروسہ کروں جیسے کوئی اندھا آسمان کے نیلے ہونے پر کر سکتا ہے۔ اور جیسے کوئی بچہ دنیا کے گول ہونے پر۔ ان خطوط میں وہ مجھ سے اپنی مجبوریوں کا بھی ذکر کرتی ہے کہ اس کے اور میرے درمیان سینکڑوں میل کا فاصلہ ہے اور رسم ورواج کی بہت سی دیواریں کھڑی ہوئی ہیں۔ ایسے خطوط پڑھ کر کبھی میں یہ سوچتا ہوں، کاغذ پر لکھے ہوئے ان چھوٹے چھوٹے خوب صورت الفاظ پر اعتبار کرلوں تو کیا ہوگا۔ وہ اگر اتنی دور بیٹھ کر مجھ سے محبت کرے تو مجھے کیا ملے گا؟ اور خود اُسے بھی کیا؟ میں اگر اُسے یوں ہی لکھ بھی دوں کہ تمہاری محبت پر مجھے بھروسہ ہے تو کیا مجھے وہ سب کچھ مل جائے گا جس سے میری اور میرے متعلقین کی حیات رواں دواں ہے؟ کیا مجھے وہ رنگ مل جائے گا جس سے میری زندگی کی تصویر مکمل ہو سکے گی۔

اگر میں اُسے محبت بھرے خطوط ہی لکھنے بیٹھ جاؤں تو ان سینکڑوں لوگوں کو کون ہنسائے گا جو تھوڑی دیر کے لئے ہنسنا چاہتے ہیں۔ اپنے اپنے غم کو بھول جانا چاہتے ہیں اور مجھے یہ بھی خیال آتا ہے کہ میرے غم بھلانے کے لئے مجھے کون ہنسائے گا۔ کون اپنے ہونٹوں کی ہنسی مجھے دے گا۔ کون مجھے اپنی محبت کے سائے میں لے گا؟ تاکہ میں بھی چند لمحوں کے لئے اپنے غم بھول سکوں

◉

اس کے بعد بہت دنوں تک میں اُسے کوئی خط نہیں لکھ سکا۔

ان دنوں میں بہت بیمار ہو گیا تھا اپنے بستر پر صبح سے شام تک تڑپتا رہتا ایک دن جب میری بہن نینا اپنی گود میں سنکیسر کے لال لال پھول لے آئی تو مجھے معلوم ہوا بہار

آچکی ہے۔

کتنی بار میں نے سوچا، اُٹھ کر اُسی الیگزنڈر روڈ پر چلنے لگوں۔ اُن بوڑھے درختوں سے جن پر اُن دنوں جوانی آگئی تھی، لال لال پھول مجھ پر گرتے رہیں۔ ان کے سائے مجھے گلے لگاتے رہیں۔ کچھ دیر کے لئے میری روح بھی بہاروں کی روح سے ہم آہنگ ہو جائے میری زندگی پر بھی ان پھولوں کا سا رنگ چھا جائے۔ وہ رنگ جس کی ہمیشہ سے مجھے تلاش رہی ہے۔

میں کروٹیں بدل بدل کر یہ بھی سوچتا کہ اپنے دفتر پہنچ کر اپنے نام آئی ہوئی ڈاک میں سے سروج کے خطوط چن چن کر نکالوں۔ اور باقی سب کو پھاڑ ڈالوں۔ سروج کے خطوط کو پڑھتے ہوئے دل کی وادیوں میں کھو جاؤں۔ اس سے کہوں کہ " تو کہاں ہے ؟... آ... مجھے سہارا دے۔"

لیکن اس وقت مجھ میں اتنی سکت کہاں تھی کہ بستر سے اُٹھ سکتا۔ سڑک پر چل سکتا۔ اور ان خطوط کو پڑھ سکتا۔ کاش! وہ اس وقت میرے دل کی حالت دیکھ سکتی!۔ پڑوس کے گھروں پر اکثر دستک کی آوازیں آتیں تو میں سوچتا، دفتر سے میرے لئے بھی کوئی آئے گا۔ میری طبیعت پوچھنے، مجھے تسکین دینے اور میرے نام آئی ہوئی ڈاک دینے کے لئے۔ یہ کہنے کے لئے کہ آپ کے صاحب نے آپ کے لئے یہ انجکشن بھیجا ہے۔" میری ماں کو روپوں کے چند نوٹ دے کر کہنے کے لئے۔" لیجئے ان سے پریم راج کی دوا منگوائیے۔"

لیکن دو ہفتوں سے میرے گھر پر دستک کی کوئی آواز نہیں سنائی دی۔ امید

میں دن کٹ گئے۔

صحت یاب ہونے کے بعد میں ایک ضروری کام سے بنارس چلا گیا۔ اپنے شہر سے جلد آنے کا ٹیلیگرام پا کر شام کی ٹرین میں سوار ہوا۔ وہ سردیوں کے دن تھے اور ہر طرف اوس گر رہی تھی۔ میں اپنے کمپارٹمنٹ کے ایک کونے میں دبکا خاموش سو رہا تھا اور ٹرین فراٹے بھرتی چلی جا رہی تھی۔ پہلے مجھے سردی بھلی معلوم ہوئی لیکن جب ٹھنڈی ہواؤں سے جسم میں کپکپی شروع ہوئی تو میں نے اپنی آنکھیں کھولیں۔ ٹرین میں ہر شخص سر لٹکائے بے ترتیبی سے سو رہا تھا۔ اور میرے قریب ہی ایک لڑکی بیٹھی اونگھ رہی تھی۔ اس نے بھی سردی کے مارے اپنے جسم کو جکڑ رکھا تھا۔ میں تعجب کرنے لگا کہ یہ لڑکی کونسے اسٹیشن سے سوار ہوئی ہے؟ وہ اپنی ساڑھی سے سر ڈھانکے ہوئے تھی۔ پھر بھی اُس کا آنچل ہوا سے لہرا کر میرے سر کو چھو رہا تھا۔ اس وقت مجھے خیال آیا کہ اپنی گود میں پڑی ہوئی چادر اُسے اوڑھنے کے لئے دوں۔ لیکن اتنی جرأت نہ کر سکا پھر جب سر نے جھٹکا کھایا اور نظر اپنی گود میں پڑی تو وہاں چادر نہیں تھی۔ خود اس لڑکی نے لے کر اوڑھ لی تھی۔ شاید وہ سردی برداشت نہ کر سکی۔ اب میں بھی اس کے سر کا سہارا لے کر سوتا رہا۔ اُس کا آنچل میرے سر کو ڈھانک چکا تھا۔ اس وقت مجھے تنہائی کے خشک لمحوں پر ہنسی آ گئی۔ میں اس آنچل کی چھاؤں میں سوچنے لگا —— ٹرین کبھی نہ رکنے پائے۔ وقت کی رفتار کچھ دھیمی ہو جائے اور زمین اپنا رقص کچھ دیر کے لئے روک دے —— !!

اُس رات مجھے سروج بہت یاد آتی رہی۔ صرف اُس وقت سروج کی محبت پر

اعتبار کر لینے کو جی چاہا۔ دل تڑپ تڑپ کر رہ گیا کہ دل کی لاج رکھ لوں ---!

جب صبح ہوئی تو گاڑی ایک اسٹیشن پر رک چکی تھی۔ چائے والوں کی آوازوں سے ماحول میں کچھ گرمی آگئی تھی۔ دن کی روشنی میں اس رات کی رانی کا چہرہ دیکھا تو اب بھی اس میں کھلے ہوئے پھول جیسی تازگی تھی۔ وہ پلیٹ فارم پر اتر کر بک اسٹال سے ایک پرچہ خرید کر لائی۔ اور پھر اپنی سیٹ پر بیٹھ گئی۔ میں نے جب اس پر نظر ڈالی تو وہی پرچہ تھا جس میں برسوں میں لکھتا رہا ہوں۔ جس کے ذریعہ میری دھڑکنیں لوگوں کے دلوں تک پہنچتی رہی ہیں۔ اس میں وہ بہت بے چینی سے کوئی خاص چیز دیکھنا چاہتی تھی۔

"آپ بھی کچھ لکھتی ہیں کیا؟" میں نے یونہی بات چھیڑ دی۔

"جی نہیں۔ بس پڑھنے کا شوق ہے!"

"پڑھنے والوں ہی سے لکھنے والوں کی زندگی ہے!"

میں نے کہا۔

"یہ آپ کیا کہہ رہے ہیں۔ ہم لوگ انھیں کیا دیتے ہیں جو ہمارے لئے لکھتے ہیں؟"

"بہت کچھ دیتے ہیں آپ لوگ!"

"میں آپ کا مطلب نہیں سمجھ سکی؟" اس نے کہا۔

میرا مطلب ہے آپ لوگوں کی خوشی سے لکھنے والے کے قلم کو ترنگ جاتے ہیں۔ وہ بہت کھل کر لکھ سکتا ہے۔"

"جی ہاں ٹھیک ہے۔ لیکن کیا ہم لوگوں کی خوشی ہی اس کے لئے سب کچھ ہے؟ کیا وہ اسی کے سہارے جیتا ہوگا؟"

"آپ نے یہ سوال کر کے لکھنے والوں کی زندگی کا بہت قریب سے مطالعہ کرنا چاہا ہے۔ کافی ہمدردی ہے آپ کو لکھنے والوں سے ؟" میں نے کہا۔

وہ مسکرائی۔

ٹرین اسٹارٹ ہو گئی۔ اور اس کے یکساں رفتار پر آجانے تک مسافروں میں بےچینی رہی۔

"آپ کو بھی پڑھنے کا شوق ہے کیا؟" اس لڑکی نے مجھ سے سوال کیا

"جی نہیں، بس لکھنے کا۔" میں نے مسکراتے ہوئے جواب دیا۔

"کیا لکھتے ہیں آپ ؟"

"بس یہی اوٹ پٹانگ باتیں جو کسی کو پسند آجاتی ہیں تو جان نثار کرتا ہے اور کسی کو پسند نہیں آتی ہیں تو خاموش ہو جاتا ہے۔"

یہ سن کر وہ ہنس پڑی۔ کتنی اچھی ہنسی تھی وہ۔ کتنی بھولی۔ شاید اسے محسوس ہوا کہ میں نے اس کے دل کے تاروں کو چھیڑ دیا ہے۔

جواب میں میں بھی مسکرا دیا۔

مجھے ایسا معلوم ہوا جیسے وہ مجھ سے بہت کچھ کہنا چاہتی ہے۔ بہت کچھ۔ لیکن وہ میرے لئے اجنبی تھی اور میں اس کے لئے اجنبی تھا۔ پھر بھی طبیعتوں کی یکسانیت کی وجہ سے یک رنگی پیدا ہو رہی تھی۔ مجھے اگلے اسٹیشن پر اتر جانا تھا اس لئے اپنا سامان اٹھانے لگا۔ وہ بھی اپنا سامان ٹھیک کرنے لگی۔ کچھ دیر بعد اسٹیشن آگیا جب گاڑی پلیٹ فارم پر رکی تو میرے سامنے ہی "ویزٹ شملہ" کا خوب صورت اشتہار آویزاں تھا۔ ایک لمحہ کے لئے میں اس اشتہار پر بنے ہوئے حسین برفیلے پہاڑوں اور ان کی گود میں کھلے ہوئے پھولوں کو دیکھنے

لگا۔ایک لطیف احساس میرے دل میں پیدا ہونے لگا۔ایسا معلوم ہوا جیسے ان ہی پھولوں میں کا ایک پھول نیچے اتر کر آ گیا ہے۔

"کیا آپ اسی شہر میں رہتے ہیں؟"

اس لڑکی نے سوال کیا۔

"جی ہاں!" میں نے جواب دیا۔

"مجھے الیگزنڈر روڈ جانا ہے۔میری کچھ مدد کریں گے آپ؟"

الیگزنڈر روڈ کا نام سن کر مجھے ایسا معلوم ہوا کہ کسی نے میرا پتہ پوچھا ہے۔مجھے اپنے پرانے ماحول کی ایک قدم یاد دلائی ہے۔ایسا ماحول جسے میں چند دنوں کے لئے بھول چکا تھا۔میرے کانوں میں اس کی وہ ٹرین والی باتیں گونجنے لگیں۔عجیب وغریب خیالات سے دل مچلنے لگا۔

"آئیے میں وہیں رہتا ہوں۔"

"اُف کتنا عجیب اتفاق ہے!"

"جی ہاں آئیے!"

میں نے الیگزنڈر روڈ چلنے کے لئے ایک رکشا والے سے بات کی۔اور ہم دونوں اس رکشے میں بیٹھ کر شہر کے سینے پر رینگتی ہوئی ان سڑکوں پر روانہ ہوئے جن سے میرے ماضی کی بہت سی کہانیاں وابستہ تھیں۔جن پر چلتے چلتے میں نے مستقبل کے سینکڑوں خاکے بنائے تھے۔رکشا سڑک پر بہت تیزی سے دوڑ رہا تھا۔بارش کی ہلکی ہلکی پھوار گر کر ختم ہو چکی تھی۔اور دُور فضا میں ایک قوسِ قزح دکھائی دے رہی تھی۔

"وہاں کس سے ملنا ہے آپ کو؟"

میں نے پوچھا۔

"مسٹر پریم راج سے!"

یہ سن کر مجھے ایسا معلوم ہوا جیسے میں فضا میں بالکل معلق ہوں۔ کچھ سمجھ میں نہ آرہا تھا کہ کیا کروں۔ تھوڑی دیر کے لطف کی خاطر اپنے آپ کو چھپانا مناسب سمجھا۔

"ان سے کیا کام ہے آپ کو؟"

میں نے پوچھا۔

"کام؟ —— بہت ہے! ..... ان کی تحریر نے تو بس مجھ پر جادو کر دیا ہے۔

"آپ ان کی تحریر سے محبت کرتی ہیں؟"

"مجھے ان کی تحریر کے ساتھ ساتھ خود اُن سے ایک طرح کا اُنس ہو گیا ہے، ایک طرح کی....." وہ کہتے کہتے رک گئی۔

یہ سن کر میرے ہونٹ مسکراہٹ نہ روک سکے۔

"لیکن وہ آج کل وہاں نہ ہوں گے۔"

"کیوں؟"

"باہر گئے ہوئے تھے۔"

"یہ آپ کو کیسے معلوم؟"

"یوں ہی۔"

"پھر کیا ہو گا؟"

"چل کر دیکھ لیں گے۔"

اتنے میں مارکیٹ کے چوراہے کے پاس میرے ایک بے تکلف دوست نے مجھے دیکھ کر آواز دی۔

"پریم راج! آپ سے بہت ضروری کام ہے۔ شام کو حاضر ہوں گا۔

میں نے کوئی جواب نہیں دیا تاکہ اس لڑکی کو میرا نام ابھی معلوم نہ ہو لیکن وہ سمجھ گئی

"آپ ہی پریم .... راج ... ۔اس کے الفاظ فرطِ خوشی سے حلق میں اٹکے جا رہے تھے۔

"آپ نے پریم راج کے بارے میں پوچھا؟" میں نے مسکراتے ہوئے پوچھا۔

اس کا چہرہ خوشی سے تمتما اٹھا جیسے کوئی پھول ابھی ابھی کھلا ہے یا جیسے صبح ابھی ابھی ہوئی ہے۔اس کی آنکھوں کی جھیلوں میں مسرتوں کی لہریں بل کھانے لگیں۔کلیوں جیسے لب کچھ بولنے کے لئے کانپنے لگے۔ وہ شرما کے رہ گئی۔ میں نے اس سے پوچھا۔

"اگر کوئی لڑکی کسی کو دیکھے بغیر محبت کرنے لگے تو اُسے کیا کہنا چاہیئے؟"

"اُسے ——— سروج کہنا چاہیئے!" اس نے بچوں کی سی سادگی سے کہا۔ اور مسکرانے لگی۔

یہ لفظ اُس کے منہ سے نکلنے سے بہت پہلے ہی مجھ پر جادو کر چکا تھا اور اب میں اس کی سحر کاری میں یہ بھول نے لگا تھا کہ الیگزنڈر روڈ کدھر ہے ——— ؟ منگیسر کے درخت کہاں ہیں۔؟؟ اُس کے آنچل کے سوا مجھے کچھ یاد نہیں رہا تھا۔ جو اس وقت بھی ہواؤں میں لہرا رہا تھا!

رخسانہ انجم

وہ لمحے میرے دل کے قریب سے گزر رہے تھے۔

جبکہ میں دام گیری کے خوبصورت ڈھلوانوں پر آہستہ آہستہ چل رہا تھا۔ میرے اطراف واکناف درختوں، میدانوں، صاف ستھری سڑکوں اور ایک دو مکانوں کے سوا کچھ نہ تھا۔ کہیں برگد کے درخت تھے۔ کہیں سنکیسر کے۔ سڑکوں کے سوا ہر جگہ سبزہ ہی سبزہ تھا۔ سرما کی مسکانے والی دھوپ ہر طرف پھیل چکی تھی۔ دور کے میدانوں میں فوجیوں سے تربیتی پریڈلی جا رہی تھی۔ جہاں سے صرف تھوڑے ہی فاصلے پر ہمارے ٹریننگ سنٹر اور ہاسٹل کی عمارت واقع تھی۔ ہر سال ہندوستان کے مختلف حصوں سے امیدوار یہاں ٹریننگ کیلئے آتے اور چھ مہینوں کے بعد واپس چلے جاتے۔ اتفاق سے صرف میں ہی ایک لام گیری کا رہنے والا تھا۔ لیکن دوستوں سے ملنے کے لئے اکثر ہاسٹل میں آتا رہتا۔ اس دن میں اکیلا جا رہا تھا۔ لیکن ایسا معلوم ہو رہا تھا جیسے میں تنہا نہیں

ہوں۔ میرے ساتھ بہاروں کے یہ لال لال دِل ہیں۔ برگد کی زلفیں اور گلاب کی بانہیں ہیں۔ میرے ساتھ پیار کا وہ نیلا آسمان ہے جو ہم کبھی کسی کی آنکھوں میں دیکھتے ہیں۔ سنکیسر کے لال لال پھولوں کو دیکھتے ہوئے نہ جانے یہ احساس مجھے کیوں ہوا کہ وہاں سے کوئی تڑپ کر مجھے آواز دے رہا ہے۔ کوئی مجھے بڑے پیار سے بُلا رہا ہے۔ وہ آواز کیسی تھی۔ اس کی زبان کیا تھی، یہ میں نہیں جانتا۔ لیکن اتنا ضرور جانتا ہوں کہ اس کی آواز میں ایک عجیب پیار تھا۔ ایک معصوم بُلاوا تھا۔ پھر ایک پھول درخت سے میرے سامنے گر پڑا۔ میں ذہن میں مسکرا دیا۔ اس ایک پھول میں، اس کے لال لال شوخ رنگ میں، اس کے نکھار اور معصومیت میں مجھے اپنی گذشتہ زندگی کے پچپن برس دکھائی دیئے۔ جیسے میرے ماضی کی تمام یادیں تمام سپنے، میرا بچپن، میری امنگیں، میری بہاریں اور میری محبوب، سب کچھ بس ایک پھول میں دکھائی دینے لگے۔ میں نے پنکھڑیوں میں پھیلی ہوئی اپنی زندگی کی کہانی کو، رنگ میں قید کئے ہوئے اپنی محبت کے روپ کو، اور بہاروں میں مسکراتی ہوئی اپنی گذری ہوئی بہاروں کو آگے بڑھ کر اٹھا لیا۔ میرا ایک محفوظ زمانہ میرے ہاتھ میں تھا۔ گزرے ہوئے سینکڑوں لمحات میرے سامنے تھے۔ انھیں دیکھتے ہوئے میں بے چین ہو گیا۔ میرا دل مضطرب ہو گیا۔ کون اپنے ماضی کے ایک ایک لمحے کو ٹٹول سکے گا۔ کون کانچ کے ان ٹکڑوں کو ٹٹولے گا جن میں قیمتی پتھر کم ہی ہوتے ہیں۔ اور میں نے کانچ کے ان ٹکڑوں کو ٹٹولتے ہوئے اپنے احساس کی انگلیاں لہولہان کر لیں۔ میں سوچنے لگا۔ یہ لمحے، یہ لمحے جب پھول درختوں سے گرتے ہیں اور جب پلکوں پر آنسو لرزتے ہیں جب ذہن میں شیشے کے ٹوٹنے کی آواز آتی ہے۔

یہ لمحے کتنے روح فرسا ہوتے ہیں۔ کتنے تکلیف دہ ہوتے ہیں۔ یہ کیوں آتے ہیں؟

اس وقت بھی میں ایسے ہی لمحوں سے گذر رہا تھا۔ میرے ذہن میں جیسے شیشے کے ٹوٹنے کی آواز آرہی تھی۔ دل میں ایک غبار سا اٹھ رہا تھا شاید یہ جاننے کے بعد کہ نیل اب ہمیشہ کے لئے مجھ سے بہت دور چلی جائے گی۔ اتنی دور چلی جائے گی کہ میں اس سے کبھی نہ مل سکوں گا۔

نیل سے میرا کوئی خاص رشتہ نہیں۔ وہ میری چھ ماہ کی ٹریننگ میں ساتھ رہی ہے۔ ہم دونوں میں صرف اتنا رشتہ ہے کہ میں خود بخود اس کی آنکھوں کی پتلیوں میں اُتر گیا۔ اس کی رخسار کی آنچ میں دور سے پگھلتا گیا۔ اس کے لبوں پر مچلتا گیا۔ اور وہ مجھ سے اتنی قریب آگئی کہ مجھے اپنے دل کی ہر دھڑکن میں اس کی چوڑیوں کی کھنک کا گمان ہوتا تھا۔ اور اس دن میں ٹریننگ ختم کرنے کے بعد اس سے آخری بار ملنے جا رہا تھا۔

سڑک پر ایک ایک قدم اٹھاتے ہوئے مجھے محسوس ہو رہا تھا کہ میں قدم قدم پر نیل سے بہت دور ہوتا جا رہا ہوں۔ ہر لمحہ جیسے کوئی پتھر میری یادوں کے شیشوں پر پڑ رہا ہے۔ یا پھر کوئی پھول میری امنگوں کے پودے سے گر رہا ہے۔ نیل جب شروع شروع یہاں آئی تھی۔ کتنی عجیب معلوم ہوتی تھی۔ کھوئی کھوئی۔ خاموش، خاموش اور بالکل غیر دلچسپ۔ میں نے دیکھا تھا کہ اس نے ٹریننگ سنٹر کے اطراف پھیلے ہوئے خوب صورت نظاروں میں ڈوبنے کی کوئی کوشش نہیں کی تھی۔ کبھی بھی اس نے کلاس میں بیٹھے بیٹھے آسمان پر آتے جاتے پیارے بادلوں کو محبت سے نہیں دیکھا تھا۔ اور کسی وقت بھی سرد سرد سی ہواؤں کے ٹکراؤ سے اس نے

سرد محسوس نہیں کیا۔ ایسا معلوم ہوتا تھا جیسے وہ میوے کی دوکان پر رکھی ہوئی کوئی گڑیا ہے۔ یا کسی کھلونے کی دکان میں رکھی ہوئی سچ مچ کی ناشپاتی۔ مجھے اس بات کا بہت دکھ تھا کہ جتنی دلکشی اس کے نام میں ہے، اس کی حرکتوں میں کیوں نہیں؟

اس کے رخسار کی آنچ کی طرح اس کی آنکھیں کیوں نہیں تمتماتیں؟ کیوں اس کی آنکھوں میں آسمانوں کو سمیٹ لینے کی گنجائش نہیں؟ اس کے اندر وہ کون سا دیا ہے جو بجھ چکا ہے؟ اور وہ کونسی آنچ ہے جس میں تپش نہیں رہی۔ یہ سوال اکثر میرے ذہن میں آتا تھا۔ اسی ایک بات کو جاننے کے لئے میں نیل میں دلچسپی لیتا گیا۔ میں چاہتا تھا کہ اس کے اندر بجھے ہوئے چراغ کو جلا دوں۔ رخسار کی آنچ رکھنے والی کو ایک ایسی آنچ سے بھی آشنا کرا دوں جو کبھی سرد نہیں ہوتی۔ کبھی ختم نہیں ہوتی۔ جوں جوں دن گزرتے گئے۔ میں بظاہر دور رہتے ہوئے نیل کی فطرت سے واقف ہوتا چلا گیا۔

●

اور اگر اس دن نیل مجھے راستے میں نہ ملی ہوتی تو ہو سکتا تھا میں اس سے اتنا زیادہ واقف ہرگز نہ ہوتا۔

اس دن وہ کسی کام سے شہر جا رہی تھی۔ اور میں بھی طبیعت خراب ہونے کی وجہ سے کلاس سے گھر لوٹ رہا تھا۔

راستے میں مجھے دیکھ کر اس نے پوچھا تھا۔

"آپ بھی جا رہے ہیں کیا؟"

"ہاں ذرا طبیعت ٹھیک نہیں ہے"

میں نے کہا تھا۔

"کیوں ؟ کیا بات ہے ! اس نے دلچسپی سے پوچھا تھا۔

اُس کے اِس سوال میں کتنا اپنا پن تھا۔ کتنا خلوص تھا۔ یہ میں ہی جانتا ہوں۔

اور وہ یہ سن کر کچھ بولے بغیر خاموشی سے پگڈنڈیوں پر چلتی رہی۔ مجھے تعجب ہو رہا تھا کہ اتنی خاموش لڑکی جسے کسی سے دلچسپی نہیں۔ آج کیسے مجھ سے بات کرنے جرأت کر رہی ہے۔

"آپ شاید تفریح کے لئے جا رہی ہیں" میں نے محض سکوت توڑنے کے لئے کہا۔

"نہیں ——"

وہ آگے کچھ اور کہتے کہتے رُک گئی۔

"کیوں ؟ کیا آپ کو تفریح پسند نہیں ؟" میں نے سوال کیا۔

"کچھ زیادہ پسند نہیں" اُس نے جواب دیا تھا۔

"یعنی یہ کہ خوب صورت نظارے، رنگ برنگ کے پھول، پیارا سا آسمان، خوشگوار موسم، سرد ہوائیں آپ کو پسند نہیں ؟"

"اِن میں مجھے تو کوئی خاص بات نظر نہیں آتی - وہی بادل ہیں۔ وہی آسمان ہے !" اُس نے کہا تھا۔

یہ جملہ سُن کر مجھے ایسا معلوم ہوا تھا جیسے میری نظروں کے سامنے سے ایک پردہ اُٹھ گیا ہے اور میں نیل کو ایک قدم اور آگے بڑھ کر دیکھ رہا ہوں۔

میں سوچنے لگا تھا...

اے لڑکی! کاش تیرا نام نیل نہ ہوتا۔ تجھے گھٹائیں جیسی زلفیں نہ ملی ہوتیں کاش تیرے لبوں سے مسکراہٹ میٹ دی گئی ہوتی۔ اور تیرے رخسار کی آنچ سرد پڑ گئی ہوتی ___ تو حُسن کے پیرہن میں ایک فریب ہے۔ اور نور کی شکل میں ایک آگ ہے۔!

"پھر آپ کو کیا پسند ہے؟"

میں نے نرم لہجے میں لیکن چڑ کر سوال کیا۔

"مجھے کچھ پسند نہیں ___ کچھ پسند نہیں؟" ___ اس نے آہستہ سے لیکن اُلجھتے ہوئے کہا۔

میں خاموش ہو گیا۔

دل ہی دل میں سوچنے لگا۔

یہ کتنی عجیب لڑکی ہے! کس بری طرح یہ اپنی روح کا گلا گھونٹ رہی ہے۔ اس کی اپنے آپ سے یہ کتنی ناانصافی ہے! کتنا ظلم ہے!!

اُس دن کے بعد سے وہ اکثر مجھ سے بہت ہمدردی اور خلوص سے باتیں کرتی لیکن تعجب یہ ہوتا کہ میں جب بھی کوئی گیت گنگناتا تھا۔ موسم کی خوشگواری یا مقام کی دل کشی کی گفتگو کرتا تھا۔ وہ چپ ہو جایا کرتی تھی۔ نہ صرف آرٹسٹ ہونے کی وجہ سے مجھے قدرت کے مناظر میں پھیلے ہوئے رنگوں سے دلچسپی تھی بلکہ مجھے درختوں پھولوں اور بادلوں سے ایک انجانی سی محبت تھی۔ ایسا معلوم ہوتا تھا، وہ سب کے

سب میرے بہت پرانے رفیق ہیں۔ میرے ہمدم اور میرے رازداں ہیں۔ میں جتنا نظاروں میں ڈوبتا تھا، نیل اتنا ہی اُن سے دور بھاگتی تھی۔ پھر بھی مجھے ایسا معلوم ہوتا تھا جیسے نیل کی آنکھوں میں بہاروں کے نقوش پوشیدہ ہیں۔ لبوں پر ماضی کے سوئے ہوئے گیت ہیں۔ رخساروں پر محبت کی ایک تپتی ہوئی آگ ہے۔ جو شاید کسی کو پگھلانے کے انتظار میں کم کم سی ہو گئی ہے۔ ان باتوں کی وجہ سے میں نیل سے دُور رہ کر بھی دُور نہ ہو سکا۔ ٹریننگ ختم ہونے کو تھی۔ ہم دونوں کا خلوص بڑھتا ہی جا رہا تھا۔ جیسے جیسے دن گزرتے جاتے، ایک دوسرے پر یہ انکشاف ہوتا کہ دونوں کے دلوں میں ایک ہی طرح کی دھڑکن ہے۔ نیل بھی جدائی ہی کے خیال سے اُداس ہو جاتی اور میں بھی بیحد غمگین اور ملول ہو جاتا۔ ہر گھڑی میں یہ سوچتا کہ میں نیل کو اپنے دل کے اندر چھپی ہوئی سب باتیں بتا دونگا، بتا دونگا کہ میری کونسی منزل ہے۔ میں کن راہوں کا مسافر ہوں اور میں نے کونسے راستے طے کئے ہیں۔ جو کچھ میں سوچتا ہوں محسوس کرتا ہوں، وہ سب میں نیل کے سامنے ایک کھلی کتاب کی طرح رکھ دوں گا۔ تاکہ وہ مجھے اچھی طرح پڑھ لے لیکن میں خود بھی نہ جانتا تھا کہ میں ایسا کیوں کرنا چاہتا ہوں۔ نیل کی بھی یہ کوشش ہوتی تھی کہ ان باقی چند دنوں میں مجھ سے اپنی ہر بات کہہ دے حالانکہ میں جانتا تھا نیل ہمیشہ کے لئے مجھ سے بہت دُور چلی جائے گی۔ ہم لوگوں کا ساتھ صرف چند دنوں کا ہے لیکن پھر بھی دل اسے بھولنے کے لئے تیار نہ تھا۔ ان درختوں کو اور نظاروں کو بھولنے کیلئے دل ہرگز آمادہ نہ تھا۔ جن کے سائے میں، میں اور نیل بیٹھ کر گھنٹوں باتیں کیا کرتے تھے۔ بیتے ہوئے سب لمحے جیسے ان جدائی کے لمحوں سے مل کر رو رہے تھے۔ اور جب یہ معلوم

ہو جائے کہ کوئی ہمیشہ کے لئے ہم سے جُدا ہونے والا ہے۔ تو نہ جانے کیوں دل میں محبت کا دریا سا اُمڈ آتا ہے۔ دل میں تڑپ سی پیدا ہوتی ہے کہ ہم اس سے جی بھر کر باتیں کرلیں۔ اور پھر جب بچھڑنے والا دل معصوم ہو، نازک ہو تو اور بھی تکلیف ہوتی ہے۔ اور اسی تکلیف کے خیال سے میرے ذہن میں جیسے شیشے کے ٹوٹنے کی آواز آرہی تھی۔ میں جب نیل کے کمرے کے قریب پہنچا تو میرے دل کی دھڑکنیں تیز ہوگئیں۔ میں سوچنے لگا کہ چند لمحوں میں میں نیل کے پاس پہنچ کر بھی اس سے بہت دور ہو جاؤں گا۔ اور چند لمحوں میں، میں نیل کے سامنے تھا۔ وہ اس وقت دور آسمان میں مٹنے والی قوس قزح کو دیکھ رہی تھی۔ یہ میرے لئے پہلا اور آخری موقع تھا۔ جب کہ میں نے نیل کو کسی نظارے میں ڈوبتے دیکھا تھا۔ میں یہ دیکھکر دنگ رہ گیا۔ چند لمحے دہلیز ہی پر کھڑا خاموشی سے نیل کو دیکھتا رہا۔ جب اس نے اپنا منہ ایک طرف پھیر کر اپنے آنچل کو چہرہ کی طرف اٹھایا۔ تو مجھے گمان ہوا کہ وہ رو رہی ہے۔

"نیل!" میں نے دھیرے سے آواز دی۔

"کون انیش ہیں؟" نیل نے پلٹ کر مجھے دیکھا۔ اور وہ سہم سی گئی۔ سچ مچ اس کی آنکھیں بھیگی تھیں۔

میں خاموش اسے دیکھتا کھڑا رہ گیا۔ اس وقت ہم دونوں کا عجیب عالم تھا۔ دل زور زور سے دھڑک رہے تھے۔ ہونٹ دھڑکنوں کے بارے جیسے لرز رہے تھے۔ آنکھوں میں کہنے کے لئے داستان تھی۔ آنسوؤں نے اُسے بھی مٹا دیا۔ میں نے کوٹ کی جیب سے موتیا کے پھولوں کا خوبصورت گجرا نکالا۔ اپنے لرزتے ہاتھوں سے نیل کی طرف اُسے بڑھایا۔

"نیل میں جانتا ہوں کہ تمھیں ان سے محبت نہیں۔ لیکن میری خاطر انھیں اپنے بالوں میں لگا لو۔"

نیل نے وہ گجرا اٹھا لیا۔ میری طرف بڑے سنجیدہ انداز سے دیکھا اور کہنے لگی۔

" آتش! صرف تمہی کو پھولوں سے محبت نہیں۔ ان سے سب محبت کرتے ہیں۔ سب محبت کرتے ہیں۔" یہ کہتے کہتے اس کی آواز بھرا گئی۔

" تم نے تو کبھی اپنے بالوں میں پھول نہیں لگایا۔ کبھی نظریں اٹھا کر آسمان کو جی بھر کر نہیں دیکھا۔"

" ہاں آتش ٹھیک ہے۔ مجھے پھولوں سے بہت محبت تھی۔ میری زلفیں پھولوں سے سجی رہتی تھیں مجھے بھی آسمان کے رنگ پسند تھے۔ شفق کا مسکرانا۔ ٹھنڈی ہواؤں کا چلنا مجھے بہت بھاتا تھا۔ بہاروں سے نظاروں سے اور کالی کالی گھٹاؤں سے مجھے محبت تھی۔ چمکتی بجلیوں اور خوبصورت قوس قزح سے مجھے پیار تھا۔"

" اب کیوں نہیں ہے؟" میں نے جاننا چاہا۔

" میں تمہیں بتاؤں گی آتش بتاؤں گی۔ کاش تم خود سمجھ سکتے۔ تو سنو۔ وہ بہاروں کے دن تھے۔ آسمان ابر آلود تھا۔ میں اور کشور شام کے وقت کھیت سے لوٹ رہے تھے۔۔۔۔۔"

" یہ کشور کون ہیں تمہارے؟" میں نے سوال کیا۔

" جو چکور چاند کا ہوتا ہے۔ اس نے تڑپ کر جواب دیا۔

"میں آگے آگے تھی اور وہ پیچھے نظاروں کو دیکھتے ہوئے ایک دیہاتی گیت گاتے آرہے تھے۔ آسمان پر زور کی گرج سنائی دی اور فوراً میرے قریب تیز روشنی سی ہوگئی۔ میری آنکھیں چندھیا گئیں۔ کانوں کے پردے پھٹ سے گئے۔ میں نے پیچھے پلٹ کر دیکھا تو گھاس کے ڈھیر میں کشو بھی جل کر راکھ ہو گیا تھا۔۔۔۔"
یہ کہتے کہتے اس کی آنکھوں میں آنسو آ گئے۔" ان کے پیارے گیتوں پر بھی بھگوان کو ترس نہ آیا۔ مجھے بجلیوں سے نفرت ہے۔ مجھے گھٹاؤں سے نفرت ہے۔" وہ بھرائی ہوئی آواز میں کہنے لگی۔" میرا آشیانہ جل گیا۔ مجھے کچھ پسند نہیں۔ اب بھی جب بجلیاں چمکتی ہیں۔ میرے دل سے ایک آہ نکلتی ہے۔ کوئی چیز ذہن میں جل کر خاک ہو جاتی ہے۔ وہ آنسو پونچھتے ہوئے کہتی رہی۔ میری آنکھیں بھی نم ہو گئیں۔

"نیل! تم نے اتنا گہرا گھاؤ مجھ سے چھپا لیا۔"

میں نے شکایتاً کہا۔

" نہیں نہیں آتیش، گھاؤ خود اتنا گہرا، اتنا شدید ہے کہ وہ کسی کو نظر نہیں آتا۔ ورنہ کس دل میں تڑپ نہیں۔ کس کو نظاروں سے محبت نہیں؟" اس نے آہستہ سے کہا۔ شائد اس نے میری چھ مہینوں کی فکر کا جواب دیا تھا۔ میں جیسے شرمندہ سا ہو گیا۔

اتنے میں ہاسٹل کے ملازم نے آکر اطلاع دی کہ اسٹیشن جانے والی بس آچکی ہے۔ میں نے آخری بار نیل کی آنکھوں میں ڈوب کر، اس کے رخسار کی آنچ میں پگھل کر لرزتے ہونٹوں سے الوداع کہا۔ اور کمرے سے باہر نکل آیا نیل کی آنکھوں میں میں نے اس وقت یاس اور غم کی وہ کیفیت دیکھی جو ایک

درخت سے گرے ہوئے پھول میں ہوتی ہے پھول بظاہر نہایت خوبصورت اور بہت رنگین ہوتا ہے لیکن اس کا غم وہ خود ہی جانتا ہے۔

اس کی دہلیز سے پہلا ہی قدم اٹھاتے ہوئے مجھے محسوس ہوا کہ پھر ایک سنکیسر کا پھول کہیں گرا ہے۔ کہیں سے پھر شیشے کے ٹوٹنے کی آواز آرہی ہے اور میرے حافظے کی کتاب کے اوراق تیزی سے پھڑ پھڑا رہے ہیں!

وہی چاند اور اپنا دِل

"محبت تو کہاں ہے۔ ۔۔۔ ؟ تو کہاں ہے؟"

یہ آواز اس وقت میرے دل سے اُٹھتی ہے جب میری محبت کی راہیں مجھے فریب کی منزل تک لے جاتی ہیں۔ میرے دل کے سہارے کمزور معلوم ہوتے ہیں اور میرے پیار کے چراغ کی لو بھڑکنے لگتی ہے۔

اور اس دن جب میں سرلا کے مکان سے سو ہی قدم کے فاصلے پر تھا۔ اس کا بند دروازہ دیکھ کر دل نے ایک بار پھر آواز دی کہ

'محبت تو کہاں ہے؟'

اُس دن سورج غروب ہونے میں بہت دیر باقی تھی۔ لیکن میری آنکھوں نے گویا اپنے چاروں طرف، سرِ شام پھیلتی ہوئی سیاہی دیکھی۔ اور میں واپس لوٹنے لگا۔

"سرلا! تو جانتی تھی کہ میں دو ہفتوں سے بیمار تھا۔ دواخانے میں بھی تو تجھ سے ملنے

نہ آئی۔ اور آج میں اچھا ہو کر تیرے پاس آیا ہوں تو تُو نے دروازہ بھی کھلا نہ رکھا ـــــــ!"

نہ جانے میں ایسے سوالات کس سے کر رہا تھا۔ چاہنے والا انتظار نہ کرے یہ مجھے اچھا نہیں لگتا۔ اس لئے میں واپس آ گیا تھا۔ راستہ سنسان اور فضا خوشگوار تھی لیکن مجھے نہ راستے پر اعتبار تھا اور نہ فضا پر۔ یہ راستے ہی انسان کو کیسی کیسی منزلوں پر پہنچاتے ہیں۔ راستے تو سب ہی ایک جیسے ہوتے ہیں۔ انجان اور خاموش۔ راہی کو منزل قریب آنے تک خبر نہیں ہوتی کہ اس نے صحیح راستہ اختیار کیا تھا یا غلط لیکن راستے ضرور جانتے ہیں کہ وہ کہاں پہنچتے ہیں؟

اس دن میں بھی ایسے ہی انجان اور خاموش راستوں پر جا رہا تھا جو جانتے تھے کہ وہ منزل کو کدھر سے جاتے ہیں۔ ان ہی راستوں پر چل کر میں نے اپنی روح کی پیاس بجھائی تھی۔ مجھے منزل تک لے جانے والے راستے آج مجھے منزل سے دُور کر رہے تھے۔ سرلا میری منزل تھی۔ منزل ایک ضرور ہوتی ہے۔ لیکن اس تک پہنچنے والے مسافر کئی ہوتے ہیں کسی راستے نے کسی مسافر کیساتھ وفا کی تو منزل اسے مل جاتی ہے۔ کل تک جب میں ان راستوں سے گزر کر سرلا کے گھر دروازے تک پہنچتا تھا تو کتنی چہل پہل رہتی تھی۔ وہاں ہر چیز کسی کے انتظار میں۔ بجلی کا بلب میری راہ تکتا ہوا۔ رات کی رانی کی ڈالیاں اپنی بانہیں میرے لئے پھیلائے رہتے اور سرلا کے کمرے کی دُور سے نظر آنے والی کھڑکی ضرور روشن رہتی۔ وہ روشن کھڑکی میرے دل کے بہت سے دروازے کھول دیتی۔ وہاں سرسراتے نیلے پردے کو دیکھ کر میری پیاسی روح پر تولتی معلوم ہوتی، سرلا کے بند گھر کے سامنے کے راستوں سے گزر کر اس دن میں بالکل انجانے راستوں پر چلنے لگا تھا۔ دماغ اس وقت سرلا ہی کے بارے میں سوچ رہا تھا۔

سرلا میری وہ سانس ہے جو میں لیتا ہوں!
سرلا میری وہ تصویر ہے جس کا میں رنگ ہوں!
سرلا میری وہ ٹہنی ہے جس پر میرے تصور کے گلاب کھلتے ہیں۔

اور پھر جب وہی سانس اکھڑنے لگے، وہ تصویر مٹنے لگے، اور وہ ٹہنی ٹوٹنے لگے تو احساس پر کتنی چوٹ لگے گی۔ زندگی فریب سے بھرے راستوں کا ایک شہر معلوم ہوگی۔ ایک ایسا شہر جہاں عمارتیں جگمگاتی ہیں۔ لیکن انسانوں کے دل نہیں جگمگاتے۔

لمحہ بہ لمحہ آنکھیں گرم گرم پانی سے بھیگتی محسوس ہوتیں تو خیال آتا کہ کاش دل شیشے کا کیوں نہ ہوا۔ ایک ہی بار ٹوٹ جاتا۔ ایسی ضربوں سے۔ یہ بار بار کے پچوکے اور چوٹیں کھا کر بھی برابر دھڑکتا ہے۔ اور جانے کب تک یہ دھڑکتا رہے گا۔ دل کی یہ دھڑکن، اس کی یہ تڑپ بس ایک ہی آس پر تو باقی ہے جس کا نام محبت ہے۔ وہ محبت کے لئے دھڑک رہا ہے۔ پیار کے لئے تڑپ رہا ہے۔ اسے محبت کہاں ملے گی؟ پیار کہاں ملے گا؟ میں محبت کی منزل کو جانے والے بہت سے راستوں پر کوئی پچیس برس سے گزر رہا ہوں۔ ہزاروں سپنوں میں دکھائی دینے والے پیار کو بے شمار دلوں میں تلاش کر رہا ہوں ان راستوں پر کئی بار میں نے محبت کے خوبصورت درخت دیکھے ہیں جن پر کوئی پھول نہ کھل سکا۔ وہ کیسے درخت ہیں۔ جن پر کبھی بہار نہیں آتی۔ یہ راستے مٹ کیوں نہیں جاتے جو راہی کو منزل تک نہیں پہنچا سکتے؟

سرلا ان ہی راستوں پر کا ایک درخت تھی جس کی چھاؤں تلے میں برسوں کا تھکا ماندہ راہی سستانے لگا تھا سوچا کرتا تھا کہ بہار یہاں تو آئے گی لیکن ان راستوں کی طرح درخت بھی تو ایک جیسے ہیں۔ ان کی چھاؤں کا کیا اعتبار۔

اس دن میں بہت گہری سوچ میں ڈوبا اپنے گھر پہنچ گیا۔ بستر پر لیٹے لیٹے کمرے کی

کھڑکی سے نظر آنے والے چاند کو دیکھا تو صرف اسے ہمسفر پایا جو میری طرح کسی شئے کو نہ جانے کب سے تلاش کر رہا ہے۔

سارے سہارے چھوٹ گئے۔سب خواب بکھر گئے۔ نہ گھر پرانا ہے نہ راستے پرانے انجانی صورتیں ہیں اور بے گانے دل۔کوئی چیز جانی پہچانی ہے تو بس وہی چاند اور اپنا دل! یہ سوچتے سوچتے میں اپنے بستر پر لیٹ گیا

سرلا سے میری ملاقات محض اتفاقی طور پر ہوئی تھی۔بس ایسے ہی جیسے اتفاق سے ابرِ نیساں کے کچھ قطرے خالی سیپیوں کی گود میں گر پڑتے ہیں اور موتی بن جاتے ہیں!

یونیورسٹی کے امتحانات کا زمانہ تھا۔میں اپنی بیوک پر یونیورسٹی جا رہا تھا۔راستے میں وہیں جانے والی ایک بس خراب ہوئی کھڑی تھی۔اور لوگ اتر کر فٹ پاتھ پر کھڑے تھے سب پریشان تھے کہ آگے کیسے جائیں۔میں جب ادھر سے گزرنے لگا تو اس ہجوم میں سے ایک لڑکی نے مجھے مخاطب کیا۔

"اسے دیکھیے، ذرا ایک منٹ!"

"آپ یونیورسٹی جا رہے ہیں کیا؟"

"جی ہاں!"

میں نے بیوک سے اترتے ہوئے کہا۔

"مجھے وہاں تک لفٹ دیجیے ورنہ میں وقت پر نہیں پہنچ سکوں گی اور امتحان چھوٹ جائے گا!"

بات بالکل واجبی تھی اور بات کے ساتھ ہی مجھے بات کرنے والی بھی بہت معقول معلوم ہوئی تھی ۔میں نے اسے اپنی بیوک میں بٹھا لیا اور یونیورسٹی پہنچا دیا۔

اس کے بعد اکثر ملاقاتیں ہوئیں اور ہر بار ہم اجنبی پن کی حدوں سے کچھ آگے نکل جاتے اب تو ہم دونوں کو یونیورسٹی چھوڑے ہوئے چار برس ہو گئے ہیں۔ ان چار برسوں میں ہم ایک دوسرے سے اتنے قریب آ گئے کہ اس کا ہمیں پہلے گمان تک نہ تھا۔ مجھے سرلا کے گھر کے سب لوگ اپنے ہی گھر کا ایک فرد سمجھنے لگے۔ بچے مجھ سے پیار کرتے۔ بڑے شفقت سے پیش آتے اور سرلا اس کی تو ہر نظر التفات کی نظر ہوتی۔ ہر ادا میں پیار رہتا اور باتوں میں محبت کا امرت! وہ امرت جس کی مجھے برسوں سے تلاش تھی۔ سرلا کے گھر کی خوشیاں میرے دل کا کنول کھلاتیں اور ان لوگوں کی تکلیف مجھے افسردہ بنا دیتی۔ میں اتنا گھل مل گیا تھا ان لوگوں میں! میں تو ملازم تھا ہی لیکن سرلا نے بھی باپ کا وظیفہ ہو جانے کے بعد ملازمت کرنے کا ارادہ کر لیا تھا۔ باپ کا وظیفہ تو گھر کے ضروری اخراجات ہی میں صرف ہو جاتا۔ سرلا کے لئے نئے فیشن کی چیزیں کہاں سے آتیں؟ حسن کی وہ آرائش کہاں سے ہو سکتی جس کے بغیر نئی تہذیب کی عورت ادھوری ہے۔ ایک وقت وہ بھی تھا جب سرلا اپنے چاروں طرف ریشمی پردوں کو لہراتے ہوئے دیکھتی تھی۔ ہوا کی لپٹوں میں چنبیلی کی خوشبو چپکے چپکے آ کر سرلا کے گال سہلاتی۔ گھر کے صحن میں پھیلی ہوئی ہریالی اس کے تلوے گدگداتی۔ اور دن میں کئی بار چاندی کی پیالیوں کے کنگورے اس کے ہونٹوں سے ٹکراتے اور پھر جہاں گداز جسم کو لپیٹ لینے کے لئے مخمل کے لحاف ہوں تو غم دوراں سے کون واقف ہوگا۔ لیکن اب سرلا کے ہاں وہ ریشمی پردے نہ تھے نہ چاندی کی پیالیاں۔ گداز جسم تو رہ گیا تھا۔ لیکن اب وہ مخمل کے لحاف نہ تھے۔ یہ سب چیزیں چلی گئیں تو خیالات کے وہ انداز بھی چلے گئے مجھ سے کبھی کسی بات کی فرمائش نہ کرنے والی سرلا کبھی کبھی مجھ سے کہتی

"میرے پاس سب پرانی وضع کے پرس ہیں۔ کوئی نئے ڈزائن کا لا دیجئے۔"

"ایک خوبصورت میک اپ بکس بازار میں آیا ہے آپ نے نہیں دیکھا؟"

وہ ایک چیز کی خواہش کرتی، میں دو چیزیں لے کر پہنچتا۔ میں سوچا کرتا، تند ہواؤں کے جھونکوں نے اس سیدھی ٹہنی کو جھکا تو دیا ہے، لیکن اب بھی اسے اُن ہی پھولوں کی یاد آتی ہے جن سے وہ لدی رہتی تھی۔

پھر جب میرا تبادلہ حیدرآباد سے بنگلور ہو گیا تو میں دو برس سرلا سے دور رہا۔ ان دو برسوں کی دوری نے مجھے سرلا سے اور بھی قریب کر دیا۔ جہاں بھی چنبیلی کے سفید سفید پھول نظر آتے انھیں سونگھتے ہوئے مجھے اس کی زلفوں کی یاد آتی۔ اجنبی دیس میں بہاریں آکر سنکیسر کے لال لال پھول کھلاتیں تو مجھے اپنی بہار کا خیال آتا۔ میرے چار چار خطوط کے جواب میں اس کا ایک خط آکر یہ احساس دلاتا کہ وہ دل اب بھی میرے لئے دھڑک رہا ہے۔ ایک دن مجھے اطلاع ملی کہ سرلا سخت بیمار ہے۔ میں رخصت لے کر فوراً حیدرآباد کے لئے روانہ ہوا۔ سرلا کے گھر آیا تو معلوم ہوا کہ وہ اتنی شدید بیمار ہے کہ اُسے خون دینے کی ضرورت ہے۔ میں نے اپنا خون دینے کی پیش کش کی لیکن امتحان کے بعد ڈاکٹر نے بتایا کہ میرا خون اس کے کام نہیں آسکے گا، مجھے وہ رات اچھی طرح یاد ہے جب سرلا موت سے صرف چند ہی قدم کے فاصلے پر تھی۔ اس کے گھر والے پریشان تھے۔ میں نے سینٹ پال ہسپتال میں اپنا خون دے کر اس کے عوض سرلا کو موزوں خون دلوایا تھا۔ جب سرلا کے جسم میں خون داخل ہو رہا تھا تو مجھے محسوس ہو رہا تھا کہ پہلی بار میری زندگی ایک زندگی کے کام آرہی ہے۔ میری روح کو سکون مل رہا ہے۔ اس واقعے کو گزرے ہوئے ایک سال ہو گیا ہے لیکن آج بھی مجھے وہ رات ——————

اُس سیاہ رات کے پنجوں میں جکڑی ہوئی سرلا۔

سرلا کی موت سے سہمی ہوئی آنکھیں۔

اور ——————

ان آنکھوں میں جینے کی لرزتی ہوئی تمنّا۔

یہ سب چیزیں یاد ہیں۔ اگر مجھے وہ گزری ہوئی گھڑیاں، وہ بیتے ہوئے لمحے یاد نہ ہوتے اگر میں یہ بھول گیا ہوتا کہ سرلا کتنی بار جھکی جھکی نظروں سے مجھ سے وفا کی باتیں کیا کرتی تھی تو مجھے اُس دن اس کا بند دروازہ دیکھ کر کوئی ملال نہ ہوتا۔ دروازے بند ہوتے رہتے ہیں اور کھُلتے ہیں۔ لوگ آتے ہیں اور جاتے ہیں۔ کسی کی زندگی میں کسی دروازے کی بڑی اہمیت ہوتی ہے۔ جس نے جس دہلیز پر اپنے پیار کا دیا جلایا اس کے لئے وہ دہلیز پیاری ہو جاتی ہے، اگر سرلا کی دہلیز پر میرا جلایا ہوا چراغ اُسی وقت بجھا دیا گیا ہوتا تو مجھے اس دروازے کی کوئی اہمیت نہ ہوتی۔ اپنی ہی پھونکوں سے اپنے ہی چراغ کو بجھاتے ہوئے کس کا دل نہ جلے گا؟ میں نادان تھا۔ میں نے اپنے پیار کا دیا ایسی جگہ جلایا جو خود ہواؤں کے رحم پر تھی۔

وہ جگہ ——————

وہ دیا ——————

اور وہ ہوائیں —————— میں کسی کو بھلا نہ سکا۔ اور اگر کوئی میرا اعتبار نہ کرے تو ہوائیں بولیں گی کہ کس نے ایک دن مجھ سے کہا تھا۔

"وجے! میں تمہارے بغیر جینا نہیں چاہتی۔ وہ جو دُور بادل کے ٹکڑے نظر آ رہے ہیں، مجھے اُن سے بھی آگے لے چلو۔ جہاں تمہارے میرے اور ان ہواؤں کے سوا کوئی نہ ہو۔۔۔۔"

گیہوں کی بالیوں کے اگر کان ہیں تو انھوں نے ضرور ہماری سرگوشیاں سُنی ہیں۔ جو ہم نے ایک پہاڑی کو جانے والی پگڈنڈی پر کی تھیں۔

"سرلا اگر میں ان جھاڑیوں میں کہیں کھو جاؤں تو؟
میں نے کہا تھا۔
"تو میں ایک قدم بھی آگے نہ بڑھ سکوں گی"۔
"پھر کیا کرو گی؟" میں نے پوچھا تھا۔
"واپس چلی جاؤں گی"۔
"جھاڑیوں میں راستہ بھول جاؤ گی تو؟"
"کسی سے پوچھ لوں گی"۔
اس نے کہا تھا۔
اور آج

جب سچ مچ میں حادثات کی جھاڑیوں میں کھو گیا ہوں اور وہ واپس ہو گئی ہے۔ اس نے اپنا دروازہ بند کر لیا ہے۔ معلوم نہیں اس نے کس سے راستہ پوچھ لیا ہے۔ بادلوں سے دور کس کے ساتھ چلی گئی ہے اور دھنک جیسا آنچل کہاں مل گیا ہے؟

اس دن ہنسی ہنسی میں کتنی سچی بات کہہ دی تھی سرلا نے، یہ میں اب سوچ رہا ہوں۔
——! ہوائیں بھی اگر چپ ہو جائیں تو سرلا کی نیلی نیلی آنکھیں اس بات کو جھٹلا نہیں سکتیں کہ وہاں کوئی تصویر بنی تھی۔ اس کی زلفیں یہ بھول نہیں سکتیں کہ کون وہاں روز پھول لگاتا تھا۔ اس کی یادداشت کی دیوار پر کہیں تو میرا نام کھدا ہو گا' آسمان پر کبھی تو اس کی نظر پڑتی ہو گی۔ کوئی نہ کوئی گرتا ہوا ستارہ اسے میری یاد دلاتا ہو گا۔ اور جب وہ باسی پھول اپنے بالوں سے نکال پھینکے گی تو اسے میں ضرور یاد آجاؤں گا..

یہ سوچتے ہوئے میں نے کئی دن سرلا کے گھر کا رخ نہ کیا۔ ایک دن سرلا کی ایک سہیلی سے معلوم ہوا کہ وہ اپنے ایک دوست کمار کے ساتھ موسم گرما گزارنے کے لئے

اوٹی چلی گئی ہے۔ مجھے یاد آیا کہ یہ کمار وہی ہوگا جس نے یونیورسٹی کے راستے پر ایک بار اپنی کار میں سرلا کو لفٹ دی تھی۔ دوسرے دن میں نے سوچا اصلی بات معلوم کرنے خود سرلا کے گھر آخری بار چلا جاؤں۔ اور میں سرِ شام آنکھیں بے جان راستوں پر سے ہوتا ہوا سرلا کے گھر کو جانے والی گلی کے اندر مڑا ہی چاہتا تھا کہ مجھے سرلا کی خادمہ نظر آئی میں نے اس سے پوچھا

"سرلا کہاں ہے ؟ اور اس نے میرے بارے میں کچھ کہا ہے ؟"

خادمہ کہنے لگی

"بی بی تو تین دن پہلے اوٹی چلی گئی ہیں۔ جانے سے پہلے کہتی تھیں، وجے کا ہاتھ تو کٹ گیا ہے، بے چارہ خود مجبور ہے۔ دوسروں کے لئے کیا کر سکے گا! اور بی بی یہ بھی کہتی تھیں ....."

خادمہ ابھی کچھ اور کہنا چاہتی تھی کہ میں فوراً پلٹ گیا۔

میرے کانوں میں اس کے آگے ایک لفظ سننے کی بھی سکت نہ تھی، ایک جھٹکے سے قدم آگے بڑھا جیسے کسی نے مجھے زور سے ٹھوکر ماری ہو۔ ابھی تک جس بات کا احساس مجھے نہ تھا یہ بات سرلا کے ذہن میں کیسے آئی ؟ میں سوچ نہیں سکتا تھا۔ یہ سچ ہے کہ میرا ہاتھ پرنٹنگ مشین میں آکر کٹ گیا ہے۔ لیکن کیا یہ سچ ہے کہ سرلا نے میرا ہاتھ کٹ جانے کی وجہ سے مجھے ٹھکرایا ہے ؟ نہیں نہیں، وہ سرلا ایسی نہ تھی۔ وہ میرے ہاتھ کی انگلیوں کو عقیدت سے چوم لیا کرتی تھی۔ پھر اس کی بوڑھی خادمہ جھوٹ نہیں بول سکتی۔ اس وقت میری آنکھوں میں اتنا پانی بھر آیا تھا کہ کوئی چیز صاف نہیں دکھائی دے رہی تھی۔ دل کے پاس گرم گرم پانی کا کوئی جھرنا پھوٹ کر آنکھوں کی راہ

سے بہہ رہا تھا۔

کٹے ہوئے ہاتھ کو نفرت سے آستین میں چھپائے ہوئے راستہ پر چلا جا رہا تھا۔ سڑک پر لیمپ قریب آجاتے تو ان سے دور ہو کر چلنے لگتا۔ تا کہ آنکھوں سے بہتے ہوئے جھرنے کوئی دیکھ نہ لے۔ دایاں بازو جس وقت کٹا تھا تو درد سے تڑپ کر لوٹنے لگا تھا۔ اور اب جب زخم مندمل ہونے لگا ہے تو دل پر ایک نشتر اور لگا ہے۔ یہ نشتر میرا دشمن ہے ہمیشہ اس نے میرے دل سے خون لیا ہے۔ میرے احساس پر اس نے کئی چنگاریاں بچھائی ہیں۔ یہ دشمن کیوں میرے دل کے سارے خون کو بہا نہیں دیتا۔ یہ رہ رہ کر کیوں چبھتا ہے؟ کیوں؟ میرے احساس پر بچھائی ہوئی یہ چنگاریاں کب سلگیں گی؟ کب مجھے جلا کر راکھ کر دیں گی؟

راستے پر میرے سامنے میرا ہی سایہ تھا۔ جانے کیوں میں اُس سے مخاطب تھا۔ اب یہی تو ایک میرا رفیق رہ گیا تھا اسنے ہر حال میں میرا ساتھ دیا ہے۔ میرا ہاتھ کٹ گیا تو اس نے بھی اپنا ہاتھ کاٹ لیا۔ اسے میرا کتنا خیال ہے میں اس سے کہنے لگا تھا۔

"اے میرے پُرانے ہمسفر! اے میرے دیرینہ ساتھی! تو نے کسی سے محبت نہیں کی ہے۔ تیرے سینے میں کوئی دل نہیں ہے جو تجھے معلوم ہوتا کہ آج میں کتنی تکلیف میں ہوں تجھے کسی کی تلاش نہ تھی لیکن میں ہمیشہ محبت کو تلاش کرتا رہا ہوں، تو نے کوئی خواب نہیں دیکھا ہے۔ لیکن میں نے ان گنت خواب دیکھے ہیں۔

میرے دوست!

اگر تیرے سینے میں دل ہوتا، اگر تجھے کسی کی تلاش ہوتی اور اگر تو نے کبھی کوئی خواب دیکھا ہوتا تو آج مجھے غمگین دیکھ کر نہ معلوم تو کیا کر لیتا۔ لیکن یہی کیا کم ہے کہ تو اب بھی میرے

ساتھ چل رہا ہے ۔ جب ساتھ چلنے کے دعوے کرنے والے منھ پھیر چکے ہیں۔

ہاں وہ کیوں نہ منھ پھیر لیں ۔ میں کسی کے بالوں میں پھول لگانے کے قابل نہیں رہا۔ میرا ہاتھ کٹ گیا ہے تو کوئی کیسے میرے ہاتھ میں ہاتھ ڈالے زندگی کی وادی میں میرے ساتھ چلے گا ——— !

اور ———

اور پھر محبت کی بستی میں اپاہجوں کا کیا کام ؟ محبت کی خاردار راہوں پر چلنے کے لئے اچھے پاؤں ضروری ہیں۔ محبوب کی زلفوں میں پھول لگانے کے لئے خوبصورت ہاتھوں کی ضرورت ہے۔ تو نہیں جانتا اے دوست! کہ ان کے بغیر محبت ادھوری ہے۔ زندگی ادھوری ہے ۔۔

دیکھتا نہیں، میرے کٹے ہوئے ہاتھ نے مجھے محبت کی بارگاہ میں کتنا رسوا کیا ہے۔ تو نے دیکھا تھا کہ ایک دن میں نے اسی محبت کو اپنا خون پلایا تھا۔ لیکن وہ بھی اب برف بن چکا ہے۔ وہ بھی اب میرا ساتھ دینے کو تیار نہیں۔ لیکن میرے بے زبان دوست! تو مجھ سے بدگمان نہ ہونا۔ گھبرا کر میرا ساتھ چھوڑ نہ دینا۔ میں اب تجھے اُن راستوں پر نہیں لے چلوں گا جو منزلوں کا غلط پتہ بتاتے ہیں۔ میں اب تجھے کسی ایسے دروازے پر نہیں لے چلوں گا جو تیرے لئے بند ہو جائے !

ہاں اگر میں بے وفائی کے نشتروں کو اپنے دل کا سارا خون پلا ڈالوں تو تُو ناراض نہ ہونا کیونکہ تیرے سینے میں دل نہیں ہے۔ تجھے کچھ تکلیف نہ ہوگی میرے دوست!

راستے میں نہ جانے کب تک میں بڑبڑاتا رہا۔ گھر آکر بستر پر لیٹ گیا تو دل سے ایک ہی آواز اُٹھ رہی تھی۔

"محبت! تو کہاں ہے ———"

"——— تو کہاں ہے ———؟؟"

خوابوں کے جال

تین روز کی موسلا دھار بارش نے ندی نالے بھر دیئے۔

موسٰی میں پانی بہت زور و شور سے بہنے لگا۔ قریب کی بستیوں میں رہنے والوں کو رات دن پانی کا شور سن کر یوں لگتا جیسے موسٰی کا بہتا ہوا پانی ان کے گھروں کو بہالے جائیگا۔ موسٰی کے پانی کو روک کر بنایا ہوا نشاط ساگر بھی پانی سے بھر چکا تھا۔ مختلف تالابوں کا پانی ایک نہر کی شکل میں شوکت نواب کی کوٹھی میں سے بہتا ہوا نشاط ساگر میں گرتا۔ اُس وقت ساگر کی مچھلیاں نیئے پانی کی طرف تیزی سے آنے لگتیں۔ کوٹھی کے اُس حصّے میں جہاں سے یہ پانی بہتا خوب صورت پل بنائے گئے تھے۔ پل کے دونوں جانب بڑے بڑے چبوترے اس خوبصورتی سے بنائے گئے تھے کہ بالکل قدرتی معلوم ہوتے۔ بڑے بڑے پتھروں سے ٹکرا کر پانی آبشار کی کیفیت پیدا کرتا۔ کوٹھی کا یہی ایک حصہ نہیں۔

بلکہ اندر عمارت والا حصہ بھی اپنا ایک خاص منظر پیش کرتا۔

کوٹھی کے احاطہ میں داخل ہوتے ہی رنگا رنگ پھولوں اور خوشنما پودوں کو دیکھ کر یوں لگتا کہ ہم کشمکشِ حیات سے نجات پا کر ایک ایسی وادی میں آگئے ہیں۔ جہاں غم نام کی کوئی شئے نہیں اور ہر طرف سکون ہی سکون اور تازگی ہی تازگی ہے۔ شوکت نواب نے بھی کوٹھی کا کتنا اچھا نام چن رکھا تھا" وادیِ عدن"۔

وادیٔ عدن کے اندر والا باغ 'باغِ ارم سے کم نہ تھا۔ رنگ رنگ کے پھول قسم قسم کے درخت' چنبیلی کے ایسے گھنے منڈوے جنھیں دیکھ کر عمر خیام کی رباعی کا خیال آجاتا۔ خوبصورت حوض کے درمیان سفید سنگ مرمر کی نسوانی مورت اپنی چادر سنبھالتی ہوئی' حوض کے بازو میں سرو کے درختوں کے قریب ایک لوہے کا جھولا لٹکا ہوا۔ غرض کوٹھی میں ہر طرف آنکھ کی تسکین اور دل کی ٹھنڈک کا سامان تھا۔ جو کوٹھی کے باہر کی دنیا میں مشکل سے نظر آتا تھا۔

بارش نے وادیٔ عدن کو ایک نئی جوانی دیدی تھی۔ پانی کی چادر زور سے گرنے لگی تھی۔ ہر طرف چھوٹے چھوٹے آبشار بن گئے تھے۔ مقامی مچھیرے جال لئے مچھلیوں کا شکار کرنے شوکت نواب کی کوٹھی میں آگئے۔ نواب صاحب تو بیمار تھے ان کی بیٹی ریحانہ اور ان کا منگیتر سہیل اوپر والے چبوترے پر بیٹھے ہوئے نظارے کا لطف اٹھانے لگے۔ مچھیرے پانی میں جال پھینکتے پھینکتے ریحانہ کو اس طرح دیکھتے جیسے تالاب کی سب سے اچھی مچھلی وہی ہے جو اُن کی جال میں کبھی نہیں آسکتی۔ ریحانہ خاص طور سے اپنے ملازم مچھیرے رشید کے جال کو دیکھتی کیونکہ اس کے جال کی اکثر مچھلیاں ان کی ہوتیں۔

رشید اور اس کی بیوی نوراں دونوں کئی برس سے اسی کوٹھی میں ملازم تھے۔ اور اسی کوٹھی کے پیچھے ایک جھونپڑی میں رہتے تھے۔ جب بارش کا موسم آتا رشید اپنے جال کے دھاگوں کو بٹ لیتا، اس کے کناروں پر لوہے کے وزنی چھلوں کو مضبوطی سے باندھ لیتا اور کمر برابر بہتے پانی کے دھارے میں کود پڑتا۔ ایک اونچے پتھر پہ اس کی بیوی نوراں ایک ٹوکری لے کر بیٹھی رہتی اور جال کو مچھلیوں سے خالی کر کے رشید کی طرف پھینکتی رہتی۔ اب کی برسات میں رشید نے اپنی بیوی نوراں کے لئے ایک اور جال بنایا تھا۔ وہ بھی ساڑھی کو گھٹنوں تک اٹھا کر پانی میں چلی جاتی اور جال پھینکتی... سارا جسم لرز جاتا... مچھلی کی طرح ——— ساڑھی بھیگ کر رانوں اور پنڈلیوں سے لپٹ جاتی تو یوں لگتا کہ وہ بھی کوئی مچھلی ہے۔ چکنی گداز اور چمکیلی ... رنگ روپہلی نہیں بلکہ گندمی..."

یہ عجیب بات تھی کہ مچھلیاں رشید کے جال میں زیادہ آتیں۔ وہ فاتحانہ مسکراہٹ کے ساتھ مچھلیوں سے بھرے ہوئے جال کو نوراں کی طرف بڑھاتا۔ اور نوراں شرما شرما کر اسے خالی کرتی مچھلیوں کو اپنے شوہر کے جال میں دیکھ کر نوراں کا دل خوشی سے پھول جاتا۔ اُس کی آنکھوں میں ایک بھرپور اطمینان کی کیفیت چھا جاتی۔ وہ رشید کے ہاتھوں سے جال کو لیتے ہوئے یوں محسوس کرتی جیسے اب دنیا میں اُسے کسی چیز کی ضرورت نہیں۔

ایک دن دوپہر ہی سے رشید اور نوراں مچھلیاں پکڑ رہے تھے۔ اس دفعہ ان کی جال میں بڑی بڑی مچھلیاں آئیں۔ نوراں بہت خوش تھی جال لے کر جھونپڑی کی طرف تیز تیز آئی تو ایک بے چیخ

مار کر کھڑی ہو گئی۔ بارش سے اُن کی جھونپڑی کی دیوار گر گئی تھی۔ گھاس کا چھپّر دیوار کے ساتھ نیچے گر گیا تھا۔ یہ دیکھ کر نوراں کے ہاتھوں سے مچھلیاں چھو گئیں۔ اُس کا دل بھی زمین پر تڑپنے والی مچھلیوں کی طرح تڑپ رہا تھا۔

" ہائے رشیدے۔۔۔۔ اپنی جھونپڑی ـــــ!! وہ پیچھے مُڑ کر چلّانے لگی ـــــ

"کیا ہوا جھونپڑی گر پڑی؟" رشید پانی سے نکل پتھروں پر آنے لگا۔

نوراں جال میں پھنسی ہوئی مچھلی کی طرح بے چین ہو گئی۔ مٹی کے اندر دبے ہوئے برتن کھینچ کھینچ کر نکالنے لگی۔ کپڑے ڈھونڈنے لگی۔ جب اُسے اپنا صندوق نظر نہ آیا تو زور زور سے رونے لگی۔ اس صندوق میں خوبصورت سیپیوں اور مونگوں سے بنایا ہوا ایک ہار تھا۔ جو رشید نے سگائی کے وقت اُسے پہنایا تھا۔ اس صندوق کو ڈھونڈتے ہوئے وہ بچّوں کی طرح رونے لگی۔

"ارے پگلی۔ روتی کاہے کو ہے۔ دوسری جھونپڑی بنا لیں گے۔" رشید نے کہا۔

ابھی دونوں اپنے کمرے کے سامان کو ڈھونڈ ہی رہے تھے کہ ریحانہ کو کسی نے اُن کی جھونپڑی گر جانے کی اطلاع دی۔ ریحانہ نے دونوں کو کوٹھی کے اندر ایک خالی کمرے میں سو جانے کہا جہاں ایک بوسیدہ قالین بچھا ہوا تھا۔ اتنے بڑے کمرے میں سوئیں تو آخر کس طرف؟ ـــــ آخر وہ ایک کونے میں جا کر لیٹ گئے۔ لیکن یہاں تو عجیب بُو آتی ہے۔ جو انھیں سونے نہیں دیتی۔ ایسی

بُو اُن کی مالکن کے پاس سے اکثر آتی رہتی ہے۔ سہیل کے پاس سے بھی تقریباً ایسی ہی بُو آتی ہے ——— لیکن وہ بُو جو ان کی جھونپڑی میں تھی یہاں کہیں بھی نہیں۔ برسوں سے وہ اسی بُو کو سونگھتے رہے ہیں رشید کو نوراں کے بالوں میں وہی بُو آتی۔ نوراں کو رشید کی قمیص میں وہی بو آتی۔ دونوں کی بُو ایک تھی لیکن یہاں کی تو ہوا بھی الگ ہے۔ دونوں کو محسوس ہونے لگا۔"

"نوراں؟"

کیا ہے رشید؟" ابھی تک نوراں کی آواز رُندھی ہوئی تھی۔

"تو اداس کیوں ہے؟"

"میں کیا کروں۔ میرا من ہی اُداس ہے۔"

"پگلی غم کیوں کرتی ہے۔ اگلے برس تک ایک جھونپڑی اور بنالیں گے۔" ذرا زوردار برسات ہونے دے۔ اتنی مچھلیاں اپنے جال میں آئیں گی کہ تو خوش ہو جائے گی۔" رشید نے کہا۔

"نوراں کے تصور کا جال جیسے مچھلیوں سے بھر گیا۔ ... پارہ کی طرح تڑپتی ہوئی مچھلیاں۔ چاندی کی طرح چمکتی ہوئی مچھلیاں ... چکنی چکنی اور پیاری پیاری مچھلیاں۔ اس کے تصور کے جال میں اُچھلنے لگیں ——— بالکل اس طرح جس طرح اُس کے من میں تمنائیں مچلتی ہیں اور اس کو لرزہ براندام کر دیتی ہیں۔ اس کی تمناؤں کی مچھلیاں خوابوں کے جال میں کب سے مچل رہی ہیں۔ وہ کب جال سے باہر آئیں گی۔ اور کب اُس کے خواب کے جال خالی ہوں گے ———" رشیدے جال تو بھرتے رہتے اور خالی ہوتے رہتے ہیں۔ لیکن یہ جال

کیسے ہیں جو کبھی خالی نہیں ہوتے۔۔۔۔"

نوراں لیٹے لیٹے سوچنے لگی تھی۔

رشید ہر سال یہی کہتا ہے۔لیکن اگر اُس کے جال میں مچھلیاں نہ آئیں تو وہ کیا کرے۔ اس کا کام جال پھینکنا ہے سو وہ کر رہا ہے۔

وہ یہ سوچ کر خوش ہوتی کہ اس کی دولت رشید ہے جو اُس پر جان نچھاور کرتا ہے۔خود نہیں کھاتا اُسے کھلاتا ہے ۔خود نہیں پہنتا اسے پہناتا ہے۔اس کے پاس سوائے ایک جال اور کچھ کپڑوں کے کچھ نہیں۔لیکن جب وہ اپنے مضبوط ہاتھوں سے نوراں کا ہاتھ پکڑتا ہے ۔ اور اس کی طرف پیار سے دیکھتا ہے تو نُوراں کو سب کچھ مل جاتا ہے۔

نوراں کی آنکھ لگ گئی لیکن رشید لیٹے لیٹے کوٹھی کے ایک حصہ سے آتی ہوئی وائلن کی آواز سننے لگا۔اُسے اپنی جھونپڑی میں بھی یہ آواز روز سنائی دیتی تھی ریحانہ کا منگیتر سہیل وہاں وائلن بجاتا رہتا۔آج اسے وائلن کی آواز ختم ہونے پر کچھ سرگوشیاں سنائی دیں۔ ریحانہ بی بی سہیل سے محبت بھری باتیں کر رہی ہیں۔ وہ سمجھ گیا محبت کی کوئی زبان نہیں ہوتی ۔ وہ ان لوگوں کی باتوں کو نہ سمجھتے ہوئے بھی یہ ضرور سمجھ رہا تھا کہ وہ پیار و محبت کی باتیں ہیں۔کچھ ایسی ہی باتیں ہیں جو وہ اپنی نوراں سے ہمیشہ آنکھوں ہی آنکھوں میں کرتا ہے ـــــ اور پھر وائلن کے دھیمے سُر دل اور ریحانہ کے ہلکے قہقہوں کے درمیان اس کی آنکھ لگ گئی۔زندگی میں آج پہلی بار اُسے احساس ہوا تھا کہ اس نے ایک اچھی رات کاٹی ہے۔

ریحانہ اپنے منگیتر پر اس لئے بھی فدا تھی کہ وہ وائلن بجا کر اُس کے دل کے

تاروں کو چھیڑتا۔ سہیل کی یہ بات ہی نہیں بلکہ اُسے بہت سی باتیں پسند تھیں۔ سہیل کا لباس، اس کا سینٹ اور خاص طور سے سہیل کی نئے ماڈل کی پلائی متھ تو اُسے بہت اچھی لگتی تھی۔ پلائی متھ کی نرم نرم سیٹ پر بیٹھ کر تو وہ اپنے باپ کی ۱۹۴۰ء کی فورڈ کو بھی بھول جاتی۔ اسے سہیل کی شخصیت میں سر سے پاؤں تک نئے فیشن کی ساری جھلکیاں ملتیں ـــــ اُسے سہیل سے اتنی ہی محبت تھی جتنی لپ اسٹک سے وہ سہیل کے وجود سے اتنی ہی خوش تھی جتنی وہ نرم پف اپنے گالوں پر لگا کر خوش ہوتی تھی۔ وہ سمجھتی تھی کہ وہ سہیل کو نہ صرف پسند کرتی ہے بلکہ دل کی گہرائیوں سے چاہتی ہے۔ اس نے سہیل کی سالگرہ پر اسے سونے کی گھڑی تحفہ میں دی تھی۔ اس وقت سہیل کو اندازہ ہو گیا تھا کہ ریحانہ کے دل میں اس کے لئے کتنی محبت ہے۔ وہ ریحانہ کی زلفوں سے نکلتی ہوئی خوشبو کا دیوانہ تھا۔ــ وہ اس کے لپ اسٹک لگے ہوئے ہونٹوں کا رسیا تھا اور اُس کی ساڑی کے رنگوں پر بھونروں کی طرح فدا تھا۔۔۔

صبح اٹھ کر رشید اور نوراں اپنی جھونپڑی کے پاس آگئے۔ رشید جال لے کر تالاب کے دوسرے کنارے کی طرف چلدیا اور نوراں چولھا سلگانے کی تیاری کرنے لگی۔

جب وہ مچھلیوں کو ڈھونڈتے ڈھونڈتے دور نکل گیا۔ تو ایک ویران جگہ ایک پتھر پر اس نے سہیل کو بیٹھے دیکھا۔ اُسے حیرت ہونے لگی کہ آج چھوٹے بابو اکیلے ہیں۔ ریحانہ بی بی ان کے ساتھ نہیں وہ سہیل کو کوئی چھ مہینوں سے دیکھ رہا تھا۔ سہیل، بہتی ہوئی نہر کو دیکھ رہا تھا۔ پانی کافی تیز دھارا پتھروں سے ٹکرا کر

سفید جھاگ پیدا کر رہا تھا۔ اس کے دماغ میں بھی شدید خیالات کی رو اسی تیزی سے بہہ رہی تھی۔

"کیا ہے چھوٹے بابو آج آپ بہت اُداس ہیں۔" رشید نے ڈرتے ڈرتے سہیل سے پوچھا۔

"کچھ نہیں۔ بس یوں ہی ادھر آ نکلا۔"

"کچھ تو ہے بابو۔ آپ بہت پریشان ہیں۔" رشید نے سوال کیا۔

"پریشانی کے وقت آدمی کو کسی بات کی تمیز نہیں رہتی۔ دل اپنے ہی درد میں ڈوبا ہوا ہوتا ہے۔ جس نے زخم پر پھاہا رکھا وہی پیارا ہوتا ہے۔ سہیل نے رشید کے اس سوال کا بُرا نہ مانا۔ اگر رشید یہی سوال کسی اور وقت کرتا تو وہ کبھی برداشت نہ کرتا۔ انسان چاہے کتنے ہی مختلف ہوں۔ کتنے ہی بڑے چھوٹے ہوں۔ جذبات کی دنیا میں برابر ہوتے ہیں —— سب کا درد ایک سا ہوتا ہے۔ رشید محسوس کر رہا تھا کہ سہیل کو کتنا غم ہے۔

سہیل کو آج بہت صدمہ تھا۔ اُس نے کل ایک بڑی رقم ریس میں ہاری تھی حتیٰ کہ اپنی کار تک بیچ کر اس نے ساری رقم ریس میں لگا دی تھی۔ اسے اپنے آپ کی سُدھ نہ تھی۔ وہ آج بالکل سادے لباس میں تھا۔ رشید نے آج تک چھوٹے بابو کو پریشانی کے اس عالم میں نہ دیکھا تھا —— وہ جال نکال کر سہیل کے پاس آ کھڑا ہوا۔ اور اسے سوالیہ نظروں سے دیکھنے لگا۔ جیسے یہ جاننے کی کوشش کر رہا ہے کہ اس کا غم کیا ہے۔ سہیل نے اُس کی نگاہوں کی زبان سمجھ لی۔

"رشید میں بھی ایک خالی جال ہوں" سہیل نے کہا۔

رشید کو سہیل کا یہ جملہ سن کر دل ہی دل میں بہت رحم آیا۔ وہ کچھ کہے بغیر وہاں سے چلا آیا۔ سب سے پہلے اس نے ریحانہ سے سہیل کی پریشانی کی بات کہی ریحانہ کے چہرے پر پریشانی کی لہر صرف اتنی دیر کے لئے دوڑی جتنی دیر پانی کی سطح پر کوئی لہر دوڑتی ہے۔ شائد ریحانہ کو پہلے ہی سے پتہ تھا——

اُس رات بھی رشید اور نوراں ڈیوڑھی کے اُسی کمرے میں آکر سو رہے۔

رشید کو سہیل کی پریشانی کا ابھی تک ملال تھا۔ اُسے آج بہت بُرا لگا۔ رات ابھی زیادہ نہیں ہوئی تھی۔ لیکن نوراں کی آنکھ لگ گئی—— رشید کو نیند نہ آئی وہ چپ چاپ لیٹا چھت کو گھور رہا تھا۔ چاندنی رات تھی۔ لیکن اُسے آج وائلن کی آواز کے بالکل دھیمے سُر سنائی دے رہے تھے۔ کل رات بھی اُسے کچھ ایسے ہی سُر سنائی دیئے۔ وہ اگرچہ اناڑی تھا لیکن محسوس کر سکتا تھا کہ وائلن کی پہلی آواز اور اس آواز میں کتنا بڑا فرق تھا—— "یہ سہیل بابو بھی عجیب ہیں" —— وہ سوچنے لگا —— "خود گیا اُداس ہو گئے، کہ وائلن بھی اداس سُروں میں بجانے لگے۔"

"کتنے دھیمے سُر ہیں یہ .... یوں لگتا ہے جیسے کوئی چیز کان کے راستے اس کی رُوح میں داخل ہو رہی ہے.... یوں لگتا ہے.... کہ یہ سُر غم کی ایک داستان سنا رہے ہیں.... فریاد کر رہے ہیں.... یہ کیسا جادو ہے.... جبھی تو ریحانہ بی بی ان سُروں پر نثار ہیں .... رشید سوچنے لگا۔

وائلن کی آواز ختم ہوئی تو اُسے کچھ سرگوشیاں سنائی دیں—— پھر قہقہوں کی آوازیں باہر سنائی دیں .... وہ کمرے میں لیٹے لیٹے ہی تصوّر میں دیکھ رہا تھا

کہ ریحانہ بی بی اور سہیل بابو دونوں حوض کے بازو والے آہنی جھولے میں بیٹھے ہیں اور سنگ مرمر کی سفید نسوانی مورت چاندنی میں ان لوگوں کے سامنے شرمائی کھڑی ہے۔ رشید سے نہ رہا گیا اور وہ چپکے سے کمرے کے باہر آگیا ـــــ اس نے دیکھا کہ حوض کے قریب جھولے میں ریحانہ کے ساتھ کوئی نیا آدمی بیٹھا اس کی زلفوں سے کھیل رہا ہے... وائلن نئے آدمی کے ہاتھوں میں ہے... یہ دیکھ کر اُسے بہت تکلیف ہوئی ـــ اس کا خون کھول گیا۔ اس کا دل چاہا کہ ریحانہ کو اٹھا کر بہتی ہوئی نہر میں پھینک دے ـــــ وہ اب سمجھ گیا کہ کل وائلن کی آواز اُسے بدلی بدلی کیوں معلوم ہو رہی تھی۔

وہ سیدھا اپنے کمرے میں آگیا۔

نُوراں گہری نیند سو رہی تھی ـــ رشید کو نُوراں پر بہت پیار آیا۔

اُس کی نوراں کتنی اچھی ہے... جو ہر حال میں اس کا ساتھ دیتی آئی ہے۔ پچھلے سال جب رشید کا جال پانی میں بہہ گیا تھا اور اس کو ڈھونڈتے ڈھونڈتے وہ بہت دور نکل گیا تھا تو نوراں اپنی جان پر کھیل کر پانی میں کود پڑی تھی۔ اُسے بخار آگیا تھا تو وہ اپنے پاؤں کے چھلے بیچ کر اس کے لئے دوا لائی تھی۔

"میرے پاس اب رہا ہی کیا ہے" وہ سوچنے لگا۔

دھاگوں کے ایک دو جال جو صرف اس آس پر پانی میں پھینکے جاتے ہیں کہ اُن میں مچھلیاں آئیں گی ـــ زندگی کے دریا میں ان کے خوابوں کے جال خالی ہی رہے ہیں۔ ان میں خوشحالی کی کوئی مچھلی نہیں آئی۔ پھر بھی ان خالی جالوں کا بوجھ اٹھائے ہوئے نوراں رشید کے ساتھ چل رہی ہے۔ کتنی اچھی ہے

نوراں۔ نوراں میری دولت ہے۔" رشید سوچنے لگا۔ اُس کی آنکھیں بتا رہی تھیں کہ وہ اپنے خوابوں کے جال میں اسی ایک مچھلی سے مطمئن ہے۔ اسے اور کچھ نہیں چاہیے۔ ۔ رشید کو نوراں اُس رات بہت اچھی لگی۔ صبح اٹھا تو نوراں کو لے کر ایک نامعلوم مقام کی طرف نہر کے کنارے کنارے نکل گیا۔ کیونکہ اُسے اپنی زندگی ایک تیزی سے بہتے ہوئے دھارے پر نظر آئی۔ ●●

○

دوسرا آسمان

ابھی تک کمرے میں پھولوں کی مہک باقی تھی۔

دیوار سے لٹکے ہوئے پھولوں کے گجرے اب بھی اُس رات کی یاد دلا رہے تھے جو انتظار کے بے شمار دنوں کے بعد آئی تھی۔ مخمل کے سرخ لحاف کی سلوٹیں ذہن میں آرام کا ایک ملائم احساس اُبھار رہی تھیں۔ اور نرم بستر پر پڑا ہوا سُرخ مچھر دان اور اس پر سلے ہوئے پیارے تارے ایک دوسرے آسمان کی یاد دلا رہے تھے جس کا چاند سورج سے روشنی مُستعار نہیں لیتا خود منور رہتا ہے۔ اس آسمان میں وہ چاند ہے جو مہینے کی مختلف تاریخوں میں اپنی شکلیں نہیں بدلتا۔ بلکہ اس کی ایک ہی مستقل شکل ہے۔ اور وہ اُسی سے روح کو روشنی دیتا ہے۔ میں جب بھی اس کمرے میں آتا ہوں اور ڈریسنگ ٹیبل کے قدِ آدم آئینے کے سامنے کھڑا ہوتا ہوں تو مسّرت کا ایک احساس

مجھے صرف چند لمحوں کے لئے ہوتا ہے۔ طرح طرح کی خوب صورت چیزوں پر میری نظریں پڑتی ہیں تو میرا دل چاہتا ہے کہ میں اپنی اس رکھ رکھاؤ کی زندگی کو ایک لمبے عرصہ تک قائم رکھ سکوں۔ روز بروز ان میں اضافہ کرتا جاؤں تاکہ تصوّرات کے ساتھ گھر بھی سج سکیں۔ کہیں یہ سجاوٹ میری طرح معاشی بدحالی کا شکار نہ ہو جائے۔

صفیہ جانتی ہے کہ مہینہ بھر کام کرنے کے بعد میں صرف اسّی روپے پاتا ہوں، تنخواہ ملنے سے پہلے ہر ماہ بہت سے پروگرام میرے ذہن میں بنتے ہیں۔ لیکن جب روپے جیب میں آتے ہیں تو دوسرے اہم کام سامنے آجاتے ہیں اور خواہشات اگلے مہینے کی تنخواہ تک ملتوی ہو جاتی ہیں۔ ہر ماہ یہی ہوتا ہے۔ یہ میں جانتا ہوں کہ اس کی خواہشیں ایسی بڑی نہیں ہوتیں کہ انھیں پورا کرنا دشوار ہو۔ لیکن ان اسّی روپیوں میں وہ بھی بہت، دُشوار ہوتی ہیں۔ میری شادی ہوئے صرف چند ماہ ہی ہوئے تھے یا بالقول عورتوں کے ابھی ہمارے جسموں میں پھولوں کی خوشبو باقی ہی تھی کہ زندگی کی سنجیدہ حقیقتیں میرے سامنے سلسلہ وار کھڑی تھیں پہلے میں نے محبت خوابوں میں کی تھی۔ یا پھر اتنی تنظریاتی کہ جس میں روپے کا کوئی عنصر شامل نہ تھا ظاہر ہے کہ کسی کو محبت بھرے خطوط لکھتے ہوئے یا خوابوں میں کسی سے ملتے ہوئے ہمیں روپے کا احساس اتنا شدید تو نہیں ہو سکتا۔ لیکن جب سچ مچ ایک گڑیا جیسی دلہن سج دھج کر میرے سامنے نگاہیں نیچی کئے ہوئے آئی تو جوان جسم اور پھولوں کی خوشبو میں میں بھول گیا کہ ہماری زندگی کے اوسط معیار کے لئے بھی اچھی آمدنی بے حد ضروری ہے۔ برسوں کی خیالی محبوبہ اور دلہن کو حقیقت کے روپ میں دیکھ کر میں صرف اُسی میں کھو گیا۔ لمبے عرصے کی تڑپ کے بعد تسکین کی منزل پر پہنچ کر میں اس کے آگے دیکھ نہ سکا۔ زندگی میں ا

میں نے دوسرے رنگ کی تمنا بہت شدت سے کی تھی۔ لیکن اس رنگ کو پاکر میں نے سمجھ لیا تھا کہ میری زندگی کی تصویر مکمل ہو چکی ہے۔ دلہن کی پیشانی پر جگمگاتا ہوا ٹیکہ، ہونٹوں پر آنکھ مچولی کھیلتی ہوئی مسکراہٹ، بڑی بڑی بند آنکھوں کا حُسن اور گلابی رنگ کی حنائی انگلیاں، یہ سب مجھے ایک ایسی دنیا میں لے جانے لگے، جہاں غم کی کوئی پرچھائیں نہیں ہوتی ہے۔ جہاں کوئی نہ ہوتا ہے، نہ ماضی کی کوئی یاد آتی ہے۔ اور نہ مستقبل کی اُمّید بے چین کرتی ہے۔ جہاں صرف حُسن ہی حُسن ہوتا ہے اور نور ہی نور۔۔

محبت جب مجھ سے قریب آ گئی تو مجھے احساس ہوا کہ وہ دل کے علاوہ کچھ اور بھی چاہتی ہے۔ حسن اور نور کی جادو بھری بدلیاں جو میرے شعور پر چھانے لگی تھیں آہستہ آہستہ چھٹنے لگیں۔ میری بیوی صفیہ کوئی تین ماہ سے مجھ سے کہہ رہی ہے۔ آپ اپنی گھڑی کے لئے ایک اچھی سی چین خرید لیجیے۔"

"آپ کو ایک سگریٹ کیس کی سخت ضرورت ہے۔ سگریٹ حفاظت سے رہ سکتے ہیں۔"

ہر بار میں "بہت اچھا" کہہ کر اُسے اور اپنے آپ کو ٹال دیتا ہوں اور دل ہی دل میں سوچتا ہوں کہ اگر میں کسی ماہ جرأت کر کے اپنی گھڑی کے لئے اسٹین لیس اسٹیل کی چین خرید لوں یا سگریٹ کا خوب صورت کیس خرید لوں تو کم از کم میری تنخواہ میں پندرہ روپیوں کی کمی ہو جائے گی۔ اسّی روپے پانے والے کے لئے یہ کمی بہت بڑی کمی ہے۔

وہ کبھی کبھی اپنی خواہشات کا بھی اظہار کرتی ہے۔

"دیکھو جی، میرے لئے ایک کانچ کی مچھلی لا دو نا!"

"ڈریسنگ ٹیبل پر رکھنے کے لئے شیشے کے دو شیڈ لا دو نا۔"

میں سوچتا ہوں کہ یہ چیزیں تو اضافی حیثیت رکھتی ہیں۔لیکن اس نئی نویلی دُلہن کو میں صاف صاف کس طرح کہوں کہ میں دفتر کو صرف تین جوڑے کپڑے پہن کر جاتے جاتے تنگ آ گیا ہوں۔ یا میرا جوتا اتنا خستہ ہو گیا ہے کہ اسے پہنتے ہوئے اب مجھے شرم آتی ہے۔ اور پھر وہ اس کے لئے ذمہ دار بھی تو نہیں . . . میں خود بے خیالی میں اس سے بہت سے وعدے کر لیتا ہوں۔

"اگلے ماہ سے میں تمہیں میوے لاکر دیا کروں گا۔"

بعد میں تنہائی کے لمحات میں یا کسی سنجیدہ مُوڈ میں مجھے اپنے کئے ہوئے وعدے یاد آتے ہیں تو دل شرمندہ ہوتا ہے۔یہ سوچتے ہوئے بہت افسوس ہوتا ہے کہ اتنی معمولی خواہشات کی میں تکمیل نہیں کر سکتا۔ بعض اوقات جب میں اپنے بلند ارادوں میں ڈوبتے ہوئے اس سے کہتا ہوں کہ "ہم ایک کار خریدیں گے روز شام کو اس کار میں بیٹھ کر گھومنے چلیں گے۔ پچھلی سیٹ پر اپنے بچے کھیلتے رہیں گے اور ہم اپنی دنیا میں مست ہوا سے باتیں کرتے ہوئے جائیں گے" وہ میری ان باتوں کو جو اُس کے نزدیک بڑی بڑی ہیں یوں ہی سن لیتی ہے اور زیرِ لب مُسکرا کر ابرو پر ایسا بل ڈالتی ہے جیسے کہہ رہی ہو، "یہ سب خواب کی باتیں ہیں۔"

وہ چاہے تو ان باتوں کو خواب کی باتیں سمجھ سکتی ہے۔کیونکہ اُسے میرے دل کے اندر چھُپے ہوئے اس یقین کا علم نہیں جو مجھے اپنے مستقبل کے متعلق ہے مجھے اپنے آپ پر اور اپنے مصوّری کے فن پر بھروسہ ہے کہ ایک نہ ایک دن میں وہ نہیں رہوں گا جو اب ہوں۔ وہ دن ضرور آئے گا جب مجھے میرا مقام ملے گا۔ لیکن صفیہ کی طرح میری ماں بھی اُس دن کا انتظار نہیں کرنا چاہتی۔ میری ماں کو کل سے زیادہ آج پر یقین ہے۔ وہ کہتی

ہے۔" اس دن کے آنے تک میں زندہ نہ رہوں گی بیٹا۔ اُس وقت تم اچھے بھی ہو جاؤ گے تو مجھے کیا خوشی ملے گی؟ میری زندگی ہی میں ترقی کر کے تم مجھے دکھا دو۔"

ماں کو یہ کیسے سمجھاؤں کہ آج کل اچھی ملازمت ملنا کتنا مشکل ہو گیا ہے۔ وہ تو صرف اتنا جانتی ہے کہ اُس نے مجھے گریجویٹ بنا دیا ہے کہ میں خوب کما کر اُسے اور سب کو خوش رکھ سکوں۔ بے چاری ماں کو کیا خبر ہے کہ کتنے گریجویٹ نوکریوں کے لئے مارے مارے پھر رہے ہیں۔ مجھ سے اس کی توقع واجبی ہے لیکن سب کچھ میرے بس میں تو نہیں۔ میں خود بھی اچھے مستقبل کی امید میں جیئے جا رہا ہوں۔ اپنے ذہن میں خوبصورت زندگی کے خوشگوار خاکے بنا کر تسکین پاتا ہوں۔

مجھے وہ واقعہ اچھی طرح یاد ہے۔ جب مجھے دفتر سے کچھ لیڈروں کی تصویریں بنانے کا آرڈر ملا تھا۔ ان کا معاوضہ چالیس روپے طے ہوا تھا۔ اور دفتر سے مجھے کاغذ بھی دیا گیا تھا۔ میں نے جب چالیس روپے ملنے کی خبر صفیہ کو سنائی تو وہ سُن کر بہت خوش ہوئی۔ اس رات ہم دونوں نے شام کے کھانے کے بعد ان چالیس روپوں کے مصرف کا ایک اچھا پروگرام بنایا۔

صفیہ کہنے لگی۔

"آپ وہ چین اور سگریٹ کیس بھی خرید لیجیے۔"

"ہاں اپنی چائے کی ٹرے بالکل سادی ہے اس پر آئیل پینٹ کا کام کرنے کے لئے رنگ بھی لا لیجیے۔"

سگریٹ کیس اور چین تو بعد میں آئے گی۔ لیکن مجھے کپڑوں کی سخت ضرورت ہے پہلے میں اچھے کپڑے بنا لوں گا۔" میں نے کہا۔

"کتنے دن ہیں جی آپ؟ اپنے لئے کپڑے بنا لیں گے!"

"نہیں نہیں تمہارے لئے بلاؤز کا وہ کپڑا بھی لاؤں گا جس کا ذکر میں نے تم سے کیا تھا۔"

"وہ تمہارا پارکر بھی دفتر میں کام کرتے کرتے خراب ہوا جا رہا ہے۔ ایک سستا سا فونٹن پن بھی خرید لوں گا۔ تاکہ تمہارا پارکر خاص موقعوں پر ہی استعمال کر سکوں۔"

"یہ تو میں خود بھی کتنے دنوں سے کہہ رہی ہوں۔"

صفیہ کہنے لگی۔

پھر میں نے ہنستے ہوئے کہا۔

سب ہم اپنے لئے ہی سوچ رہے ہیں۔ آخر گھر کے بچوں کے لئے بھی کچھ نہ کچھ ہونا چاہیئے۔

اُن کے لئے بسکٹ کے ڈبے لا دو۔ اس نے جھٹ سے کہا۔

کافی انتظار کے بعد صفیہ کی اور میری چھوٹی سی خواہشیں پوری ہو رہی تھیں۔ تنخواہ میں تو یہ سب کچھ نہیں ہو سکتا تھا۔ اور کوئی دوسرا اڈرائینگ کا کام ڈھونڈنے سے بھی نہیں مل رہا تھا۔

دوسرے روز صبح دفتر جاتے وقت صفیہ نے مجھ سے کہا کہ اگر روپے اڈوانس مل جائیں تو میں انھیں فضول خرچ نہ کروں۔ اس کا یہ کہنا ٹھیک بھی تھا۔ کیونکہ میں فضول خرچ واقع ہوا ہوں۔ کسی اہم کام کے روپے بھی اگر میری جیب میں ہوں تو میں دوست احباب میں خرچ کر دیتا ہوں

جب میں آفس پہنچا تو شام کو معلوم ہوا کہ چھپی ہوئی تصویریں منگوائی گئی ہیں اور

مجھے اطلاع دی گئی کہ اب میں تصویریں نہ بناؤں ۔ یہ سُن کر میری صورت فق ہوگئی تھی۔ قلم کی گرفت ڈھیلی ہوگئی تھی۔۔ اور دل ڈوبتا محسوس ہوا تھا۔ میرا ہی دل اگر ڈوب جاتا تو کوئی بات نہ تھی۔ ایک میری ہی تمنائیں پوری نہ ہوتیں تو کوئی حرج نہ تھا۔ لیکن یہ احساس میرے دل میں سوئیاں چبھو رہا تھا کہ میرے ساتھ ایک اور نازک سا دل بھی ڈوبنے والا ہے۔ ایک اور دل کی تمنائیں بھی یاس کے اندھیروں میں ڈوب جانے والی ہیں۔ میں نے گھر جا کر صفیہ کو جب یہ بات سنائی تو وہ یک لخت اداس ہوگئی۔ اس کی بڑی بڑی آنکھیں مایوسی سے پژمردہ ہوگئیں۔ چند گھنٹوں تک تو وہ اتنی سنجیدہ رہی جیسے اُس نے کسی خواہش کا اظہار نہ کرنے کی قسم کھائی ہو۔ کیونکہ اُسے وہ چالیس روپیوں کی بات یاد تھی۔ اس واقعہ کے بعد بظاہر ہم خوش تھے لیکن ان ناتمام خواہشات کی چنگاریاں چپکے چپکے دلوں میں سلگ رہی تھیں۔

پھر وہ چاندنی میں نکھری ہوئی رات بھی آگئی جب ہم دونوں نے پہلی بار ایک ساتھ چاند ستاروں کو دیکھا تھا۔ پہلی بار میں صفیہ کو لے کر اس حسین رات کا لطف اُٹھانے اپنے مکان کے سامنے کے میدان میں چل نکلا تھا۔ دودھیا رنگ کی روشنی میں پگڈنڈیاں اور میدان میں اُگی ہوئی گھاس، ہر چیز صاف نظر آ رہی تھی۔ آسمان پر چاند ایک نرالے انداز سے مسکرا رہا تھا۔ اس سے پہلے بھی کئی بار چاندنی چٹکی تھی۔ کئی بار چاند مسکرایا تھا۔ لیکن صفیہ کے ساتھ چاند کو دیکھتے ہوئے مکمل حسن کا احساس ہو رہا تھا۔

اس کا ہاتھ میرے ہاتھ میں تھا۔ اور ہم پگڈنڈیوں پر چل رہے تھے، دھیرے دھیرے آہستہ آہستہ۔ کبھی میں اپنے سر پر پھیلے ہوئے روشن آسمان کی خوبصورتی میں ڈوب جاتا تو کبھی اپنے تصورات کے آسمان کی سیر کرتا۔ حسین کا چاند میرے قدم بہ قدم چلتا ہے۔ اس آسمان

گا چاند زمین کے اطراف چکر لگاتا ہے اور اس دوسرے آسمان کا چاند میری طرف کھنچا چلا آتا ہے۔ کھلی اور لامحدود فضاؤں میں میرے ذہن کی وسعتیں بھی لامحدود ہو گئی تھیں۔ انہیں بھی آزادی کا ایک احساس ہو رہا تھا جو مکانوں کی چہار دیواری میں نہیں ہو سکتا۔ چلتے چلتے ہم ایک پتھر کی طرف آئے اور چاند کی طرف رخ کرکے بیٹھ گئے۔ اُس وقت مجھے ایسا معلوم ہو رہا تھا جیسے نظروں کے سامنے دُور تک خاموش کھڑے ہوئے درختوں کے جھنڈ، چاندنی میں نہائے ہوئے ساکت وصامت مکانات، آسمان پر ٹمٹماتے ہوئے بے شمار تارے سب کے سب ہمارے احترام میں دم بخود کھڑے تھے۔ چاند ہم سے بلند نہیں ہم دونوں چاند سے بلند ہیں۔ اور جیسے وہ ہمیں وہاں بیٹھے دیکھ کر ہمارے درشن کرنے آیا ہے۔

ابھی میں ان خیالات میں گم ہی تھا کہ صفیہ نے چپکے سے کہا۔

"اجی کل ہمیں عصمت کے ہاں دعوت میں جانا ہے۔ آپ دفتر سے ذرا جلد آجائیے۔"

"کل دعوت میں جانا ہے ہمیں؟" میں نے چونک کر پوچھا۔ دعوت میں جاتے وقت صفیہ ایک تحفہ بھی لے جانے والی تھی۔ میں سمجھ گیا کہ اس کے یاد دلانے کا کیا مطلب ہے۔

"ہاں کل ہی تو اس کی سالگرہ ہے۔ شادی کے بعد ہم پہلی بار جا رہے ہیں۔ میری شادی میں عصمت نے کیسی اچھی انگوٹھی تحفے میں دی تھی مجھے۔ ہمیں بھی اب اپنے خلوص کو ظاہر کرنے والی کوئی پیاری چیز تحفے میں دینی چاہیئے۔ بولئے نا کیا دینا چاہیئے اسے تحفے میں؟؟"

"ہوں؟ تحفے میں؟؟ تم ہی سوچو کیا چیز بہتر رہے گی۔" یہ کہتے ہوئے میں سنجیدہ ہو گیا۔

آسمان سے نظریں ہٹ کر اپنے سامنے کی پگڈنڈیوں پر آگئیں۔ چاندنی پھیکی پھیکی اور راستے دُھندلے دُھندلے سے معلوم ہونے لگے۔ ایسا معلوم ہوا جیسے میں تفریح کیلئے

نہیں نکلا ہوں کسی بہت ہی ضروری کام کے تحت اس پتھر پر آ بیٹھا ہوں ۔ میرے اطراف نہ دودھ میں نہائے ہوئے درختوں کے جھنڈ ہیں اور نہ جگمگاتے ہوئے پرسکون مکانات بلکہ تفکرات کی دیواریں ہیں اور حقیقتوں کی آگ ہے۔ اس وقت نہ جانے کیوں مجھے یہ خیال آیا کہ زندگی ایک رخسار ہے جس کی جلد بظاہر بہت ملائم اور نہایت حسین ہے۔ لیکن اس پر لہرانے والی مصیبتوں کی کالی زلفیں ، اس پر بہنے والے غم کے آنسو اس کے قریب ہی جانے پر محسوس ہوتے ہیں !

"ہم کسی نئی چیز کا تحفہ دیں گے۔"

صفیہ بولنے لگی۔

"ایک گلاب کے پھول کو سچی محبت کے ساتھ دے دو۔ بالکل نئی چیز رہے گی۔" میں نے مذاق کیا۔

"نہیں بھئی ، مذاق مت کیجئے ۔ میرے خیال میں اُسے ایک لیڈیز واچ دینی چاہیے۔ آپ کسی بھی طرح کل ایک خوبصورت گھڑی لا دیجئے۔"

"اگر ہم دعوت میں نہ جائیں تو؟"

میں نے تحفہ سے بچنے کے لئے کہا۔

"تو سب لوگ ہمیں خود پسند اور مغرور کہیں گے ۔ پھر وہ لوگ بھی اپنی کسی تقریب میں نہ آئیں گے ۔ وقت گزر جائے گا اور بات یاد رہ جائے گی۔" صفیہ نے کہا۔

میں نے دیکھا صفیہ تحفہ دینے پر ہی بضد ہے۔ اس لئے کہہ دیا۔

"اچھی بات ہے بھئی گھڑی لا دوں گا۔"

اس کے بعد ہم دونوں وہاں سے اُٹھ کر گھر کی طرف آنے لگے ۔ راستے بھر میں ایک

ہی سوچ میں گم تھا۔ ایک ہی فکر میرے دماغ سے چمٹی ہوئی تھی کہ کل تک روپے کس طرح فراہم ہو سکیں گے۔ اُن کا ملنا اتنا آسان تو نہیں جب کہ محبت بھرے دو بول بھی آج کل مشکل سے ملتے ہیں۔ تو روپے جو ہر چیز کی اساس ہیں اتنی آسانی سے کیسے فراہم ہو سکتے ہیں۔ سوچنے لگا کہ کس کے سامنے ہاتھ پھیلا کر خود اپنی نظروں میں ذلیل ہو جاؤں اور کونسا کام کروں کہ روپے کل تک مل جائیں پہلے اتنے نازک مواقع میری زندگی میں بہت کم آتے تھے۔ دعوتوں میں جاتے ہوئے تحفے دینے کا نہ اتنا شدید احساس ہوتا تھا اور نہ کسی کی فرمائشوں کو پوری نہ کرنے کا ملال اکثر خود اپنے لئے بھی کسی بات کی ایسی تمنا نہ کرتا تھا جو ناتمام ہو کر رنجیدہ کر سکے۔ اپنے پر غم کے پہاڑ بھی ٹوٹیں تو اتنے گراں نہیں گزرتے لیکن دوسر دل کا تھوڑا سا رنج بھی اپنے لئے اضطراب کا باعث ہوتا ہے۔ یہ سوچتے سوچتے میں گھر پہنچ گیا۔ وہاں پہنچ کر احساس ہوا کہ صفیہ کتنی دور سے میرے ساتھ خاموش آرہی ہے اور میں اپنے خیالوں میں اتنا غرق تھا کہ اُس سے بہت دیر تک کوئی بات نہ کی۔

دوسرے دن شام کو جب میں ایک خوبصورت لیڈیز واچ لیکر گھر پہنچا تو صفیہ اسے دیکھ کر خوشی سے پھولی نہ سمائی۔ وہ پوچھنا بھی بھول گئی کہ میں نے روپیوں کا کیسے بندوبست کیا ہے۔ اور میں خود بھی اس بارے میں انجان تھا۔ دل ہی دل میں سخت کوفت ہو رہی تھی کہ آج میں نے اپنے ضمیر کے خلاف ایک حرکت کی ہے۔ اس لیے نہیں کہ کسی کی زندگی کا سوال تھا بلکہ صرف تحفہ دینے کے لئے! صفیہ اور اس کی بہن کو خوش کرنے کے لئے۔ بعض اوقات ہم دوسروں کو جھوٹی خوشی دینے کے لئے اپنی سچی مسرت کا کس بری طرح گلا گھونٹ دیتے ہیں۔ یہ خیال میرے چہرے سے تازگی

اُڑا رہا تھا۔ اور دماغ سے تصوّری دنیا کے وہ نقوش مٹا رہا تھا جو ماضی میں میرے رفیق رہے۔ اپنی زندگی کی راہوں پر چلتے ہوئے جنھیں میں نے سب کچھ جانا تھا۔ وہ نقوش میری خوشیوں کا سرمایہ تھے۔ اور میری امیدوں کی منـــزلیں جو کبھی صبح کے تارے کی مانند چمکتے تو کبھی رنگین اُفق کے مانند مسکراتے تھے لیکن اب میں اپنے خیالوں کی اس دنیا سے گر کر ایک ایسی دنیا میں آگیا تھا کہ جہاں تاروں کو دیکھ کر گھورتی ہوئی آنکھوں کا احساس ہوتا ہے اور جہاں اُفق کے کنارے قید کی سرحدیں معلوم ہوتے ہیں۔

صفیہ نے تحفہ دیا اور عصمت نے اُسے دل کی گہرائیوں سے قبول کیا صفیہ کو یہ خوشی تھی کہ اُس نے عصمت کا دل خوش کیا تھا۔ اور عصمت کو یہ خوشی تھی کہ اس کے تحفوں کی تعداد میں ایک اچھا اضافہ ہوا تھا۔ لیکن مجھے تو دراصل کوئی خوشی نہ ہو رہی تھی۔ اس واقعہ کے بعد میں اکثر چپ سا رہنے لگا تھا۔

ایک دن کھانا کھاتے وقت صفیہ کی نظر میرے ہاتھ پر پڑی۔

"آپ کی گھڑی کہاں ہے؟"

اس نے پوچھا۔

"میری گھڑی! وہ تو میں نے عصمت کو تحفے میں دیدی۔" میں نے کہا۔

"سچ سچ بتایئے آخر کیا ہوئی وہ گھڑی؟" اس نے پھر سوال کیا۔

"کہہ دیا نا اُسے میں نے تحفہ میں دیدیا ہے۔"

"عصمت نے تو اس کا ذکر نہیں کیا۔"

"ہاں، نہ کیا ہوگا۔ کیونکہ میں اپنی گھڑی بیچ کر تحفے کے لئے وہ گھڑی لایا تھا۔ بقیہ پیسے میرے پاس ہیں۔ تم ان سے کانچ کی ایک مچھلی منگوا لو اپنے ڈریسنگ ٹیبل

کے لیے دو شیشے اور چائے کی ٹرے کے لئے آئل پینٹ۔ ہاں مجھے تو اب گھڑی کی چین کی ضرورت ہی نہیں رہی۔ اب رہا سگریٹ کیس تو سنو، وہ بھی اب بیکار ہے۔ کیونکہ میں نے اب سگریٹ پینا ہی چھوڑ دیا ہے۔" میری یہ باتیں سن کر صفیہ کے چہرے کا رنگ پیلا پڑ گیا۔ آنکھیں سکڑ کر چھوٹی ہو گئیں اور ہونٹ لٹکنے لگے۔

"تو آپ اپنی گھڑی بیچ کر وہ نئی گھڑی لائے تھے ؟"

"جی ہاں !"

"آپ نے یہ کوئی عقلمندی نہیں کی کہ اپنی ضرورت کی چیز بیچ دی۔"

"عقلمندی تو آپ نے تحفہ دے کر کی!" میں نے کہا۔

یہ سُن کر صفیہ یک لخت چُپ ہو گئی۔ اور دوسرا لقمہ نہ اٹھا سکی۔ میز سے اُٹھ گئی اور مسہری پہ جا پڑی!

ایک دن جب میں دفتر سے ذرا جلد گھر آ گیا تو دیکھا، گھر میں محلے کے بہت سے بچے جمع ہیں اور صفیہ انھیں پڑھا رہی ہے۔ میں یہ تبدیلی دیکھ کر بے حد حیران تھا۔ یہ جان کر بہت خوشی ہو رہی تھی کہ صفیہ میں بھی کام کرنے کا جذبہ پیدا ہو گیا ہے۔

"صفیہ یہ سب کیا ہے ؟"

میں نے پوچھا

"آپ ہی نے کہا تھا نا کہ کام سے محبت کرو۔ اس لئے وہی کر رہی ہوں تاکہ آپ میرے لئے کانچ کی مچھلیاں اور اپنے لئے گھڑی اور چین لا سکیں۔ ہم اپنے خیالات کے ساتھ ساتھ کمرے بھی سجا سکیں۔"

●●

خواب تو میرے ہیں!

وکٹوریہ ٹرمی نس کے قریب "سی ویو" ہوٹل کی بالائی منزل پر بھی مجھے ٹرافک کا شور برابر سنائی دے رہا ہے۔ صبح کی ٹرین سے آج ہی ایک سرکاری کام سے بمبئی آیا ہوں۔ سارے دن کی مصروفیت کی وجہ سے تھک گیا ہوں فضا میں گرمی زیادہ محسوس ہونے لگی ہے تو میں نے اپنے کمرے کی کھڑکی کھول دی ہے۔ میز پر سے پانی کی بوتل اٹھا کر دو گلاس پانی پی چکا ہوں۔ لیکن پیاس ہے کہ بجھتی ہی نہیں۔ اجنبی شہر کا پانی بھی مزے میں اپنے وطن کے پانی سے جدا ہے۔ شہر اجنبی ہے، لوگ اجنبی ہیں لیکن کمرے کے اندر آتی ہوئی ہواؤں میں جیسے فرخ کی سانسوں کی مہک محسوس کر رہا ہوں۔ ہوا کا ہر جھونکا ماضی کے پردے ایک ایک کر کے اٹھا رہا ہے۔ کچھ دیر کے لئے میں اپنے ماحول سے بے خبر ہو کر صرف فرخ کے تصوّر میں کھو جاتا ہوں۔ سارا بمبئی سمٹ کر میری آنکھوں میں کھلونوں

کے شہر کی طرح آجاتا ہے۔ اس کے نیلے اور گلابی خطوط ورق در ورق تصوّر میں بگولوں کی طرح اُڑ رہے ہیں۔ اُس کی تحریر کے موتی آج بھی میری آنکھوں کو ٹھنڈک دیتے ہیں۔ اُن محبت بھرے خطوط کا ایک ایک لفظ آج بھی میری رُوح میں جیسے امرت گھول رہا ہے۔

وہ پیار کی باتیں....! وہ پُرخلوص پیلا وے آج بھی مجھے محبت کی ایسی وادیوں میں لے جاتے ہیں جہاں جاکر میں واپس آنا نہیں چاہتا۔ لیکن زندگی کی بے رحمیاں اور زمانے کی سختیاں مجھے پھر وہاں سے واپس بلا لیتی ہیں اور پھر ــــــ میں کسی پوسٹ آفس کے کاؤنٹر پر بیٹھا مصروفِ کار ہو جاتا ہوں۔

شام کے بڑھتے ہوئے اندھیرے مجھے اُن خوابوں کی یاد دلاتے ہیں جو ہم دونوں میں مشترک تھے۔ ایسی ہی اندھیری راتوں میں، خاموشیوں اور سناٹوں کی فضا میں بیٹھ کر میں اُسے خطوط لکھا کرتا تھا۔

کمرے کی گھڑی گیارہ بجا رہی ہے۔ میں بستر پر لیٹ گیا ہوں۔ لیٹے لیٹے میں سوچتا ہوں، میں آج فرّخ سے کتنا قریب ہوں! وہ اِسی عمارت کے ایک فلیٹ میں تو رہتی ہے۔ میلوں کے فاصلے گھٹ کر قدموں کے رہ گئے ہیں لیکن فرّخ کو میری آمد کا پتہ نہیں۔ صبح ہوگی تو فرّخ سے ملنے جاؤں گا۔ کتنی خوش ہوگی وہ مجھے اچانک اپنے سامنے دیکھ کر! پہلی بار جب میں اُس سے ملنے کی غرض سے بمبئی آیا تھا تو وہ کتنی مسرور تھی۔ پھر جلد سے جلد ملنے کے کتنے وعدے لئے تھے اس نے۔ لیکن آج کتنے برسوں بعد شائد اُس کے دل میں مجھ سے ملنے کی خواہش باقی ہو یا نہیں اتنا طویل عرصہ گزرنے کے بعد ہو سکتا ہے وہ مجھے بھول بھی گئی ہو... پھر میں

کیوں اُس سے ملنا چاہتا ہوں۔ میرے دل میں اس سے ملنے کے لئے ایک ہُوک سی کیوں اُٹھتی ہے؟ کیوں اُس کا تصوّر کرتے ہوئے میرے دل میں ایک کسک سی محسوس ہوتی ہے؟ اتنے بڑے شہر میں بمبئی کی مصروف اور مشینی زندگی میں، وہ کیوں یاد رکھے گی کہ وہ کسی کی کہانیوں پر فریفتہ ہوکر محبت بھرے خطوط لکھا کرتی تھی۔ اب تو اُسے نہ وہ کہانیاں یاد ہوں گی اور نہ وہ کہانی کار!

واقعی زمانہ کہاں سے کہاں نکل گیا ہے۔ اُس وقت میں کنوارا تھا۔ لیکن آج میں ایک خوبصورت بچّے کا باپ ہوں۔ اُس وقت میں بے کار تھا اور صرف کہانیاں لکھا کرتا تھا۔ لیکن آج میں ملازم ہوں۔ اُس وقت میں آزاد تھا۔ اپنے وقت کا آپ مالک تھا۔ لیکن آج میرے گرد ذمّے داریوں کے جال ہیں اور ——— میرا وقت، میری تنہائیاں میری اپنی نہیں۔ اِن میں میری بیوی اور بچّے کا بھی حق ہے۔ مہینوں اور برسوں میں کہیں میں اپنی کچھ تنہائیاں سمیٹ لیتا ہوں۔ انھیں فرُخ کی یادوں کے پھولوں سے سجاتا ہوں۔ بھاگتے ہوئے وقت کے دامن سے چند لمحے چرا لیتا ہوں اور اُن کے سہارے ماضی کے ماہ و سال تک پہنچ جاتا ہوں۔ کیونکہ یہ تنہائیاں میری دُنیا ہیں اور یہ لمحے میری زندگی!

کتنے برس بیتے، کتنی بہاریں گزریں۔ گردشِ روز و شب مجھے منزل بہ منزل لئے پھرتی رہی۔ کئی قافلے ملے۔ کئی منزلیں ملیں۔ دوستی کا دم بھرنے والے دشمن ملے۔ اور بے غرض محسن بھی ملے۔ دل کی دُنیا میں کتنے انقلاب آئے۔ لیکن فرُخ کی یاد کا چراغ برابر جھلملاتا رہا۔ مایوسیوں کے گھُپ اندھیرے میں، زندگی کے ہر موڑ پر اُسی چراغ نے مجھے روشنی دی۔

ہو سکتا ہے۔ فرخ کی زندگی بھی اب تک کافی بدل گئی ہو۔ آج سے کوئی پانچ برس پہلے جب اُس سے پہلی ملاقات ہوئی تھی، وہ ایک دُبلی پتلی شرمیلی کنواری لڑکی تھی۔ کالج میں پڑھتی تھی۔ محبت کا پودا اُس کے دل میں تازہ تازہ اُگ رہا تھا۔ پیار کی آنچ اس کے رخساروں پر ہلکی ہلکی سُلگ رہی تھی۔ آنکھوں کے پیالے مئے اُلفت سے نئے نئے بھرے تھے اور اُس کے نازک ہونٹ کلیوں کی طرح تھرتھرا رہے تھے۔ اب تو وہ پودا بڑھ کر ایک درخت بن گیا ہوگا۔ گال پیار کے اُنچ میں تپ کر لال لال ہوگئے ہوں گے۔ آنکھوں میں مئے اُلفت چھلک چھلک پڑتی ہوگی اور اس کے لبوں کی کلیاں زمانے کی ہواؤں میں کھِل کر پنکھڑیاں بن چکی ہوں گی۔ ہوسکتا ہے۔ اس کے دل میں میری محبت کا چراغ اتنے برسوں میں بجھ گیا ہو۔ میرے حافظے کے صحراؤں میں آج بھی اس کے پیار بھرے الفاظ گونج رہے ہیں۔ میں ایک ایک لفظ کو بخوبی سُن سکتا ہوں۔ ذہن کے پردے پر آج بھی اُس شام کو پوری رعنائیوں کے ساتھ دیکھ سکتا ہوں۔ جب ہم پہلی بار ملے تھے۔ جوہو کے سمندر کے کنارے گیلی گیلی ریت پر ہم دیوانوں کی طرح بھاگ رہے تھے۔ سامنے ٹھاٹھیں مارتا ہوا سمندر تھا۔ وہاں سیکڑوں لوگ موجود تھے۔ کچھ ریت پہ دوڑ رہے تھے اور کچھ لوگ نہا رہے تھے۔ لیکن ہم ان سب سے بے پروا ایک دوسرے میں کھوئے ہوئے تھے۔

"میں کتنی خوش نصیب ہوں!" اُس نے بھاگتے بھاگتے رک کر کہا تھا

"کیوں؟" میں نے پوچھا۔

"اِس لیے کہ میں نے سچا سپنا دیکھا تھا"۔ اس نے کہا۔

"کیا تھا وہ سپنا؟"

"تمہیں اپنے سامنے دیکھنے کا! آج میں اپنے خوابوں کی تعبیر دیکھ رہی ہوں۔ اب تک مجھے چاندنی ملی تھی لیکن آج چاند میرے پاس ہے!"

"کہیں میں بھی خوشی سے پاگل نہ ہو جاؤں فرّخ! دیکھو اتنے بڑے سمندر میں سے میں نے اپنا موتی نکال لیا ہے۔ دنیا کے لاکھوں کروڑوں دلوں میں سے مجھے میرا دل مل گیا ہے۔ تمہیں پاکر آج یہ اتھاہ سمندر، وہ وسیع و بسیط آسمان سب کے سب مجھے حقیر نظر آرہے ہیں۔ کل تک تم میرے تصوّر میں تھیں لیکن آج تم مجسّم حقیقت ہو!" میں نے کہا تھا۔

میں ریت میں کھیلتے کھیلتے پانی کی طرف جانے لگا تھا۔ پہلے پانی ٹخنوں تک تھا۔ پھر پنڈلیوں تک اور اس کے بعد وہ گھٹنوں تک آگیا۔ میں گہرے سمندر کی وسعتوں میں گم ہو کر رہ گیا۔ یکبارگی فرّخ چیختی چلاتی ہوئی مجھے آواز دینے لگی۔

—— "شکیل! شکیل!! پانی میں آگے نہ جانا۔ موجیں ایک دم بڑھ جاتی ہیں۔ سمندر کے پانی کا بھروسہ نہیں شکیل! میری قسم آگے نہ جانا!" اس نے پریشان ہو کر آواز دی تھی میں رک گیا اور مسکرا کر پلٹ آیا۔ وہ غصّہ سے لال لال ہو گئی تھی۔

تم نے مجھے کیوں روکا؟" میں نے پوچھا۔

"کیا تمہیں ڈوبنے کے لئے چھوڑ دیتی؟ اُس نے اپنے بالوں کی لٹ سیدھی کرتے ہوئے کہا۔

"میں ڈوب جاتا تو کیا ہوتا؟"

"میں بھی تمہارے ساتھ ڈوب جاتی!" اس نے کہا تھا۔

پھر ہم ریت پر آکر بیٹھ گئے۔ فرّخ کو پیاس لگی تو دونوں نے ایک ہی ناریل سے پانی پیا تھا۔ کتنا مزا تھا اس پانی میں!

اس ملاقات کے دوسرے ہی دن مجھے اپنے شہر کو واپس آجانا پڑا۔ آج پانچ برس بعد بھی ایسا معلوم ہوتا ہے جیسے وہ کل ہی کی بات ہے وقت نے ہمارے درمیان ایک خطِ فاصل کھینچ دیا۔ حالات نے تجدیدِ ملاقات کی فرصت ہی نہ دی۔

○

صبح اُٹھا تو یاد آیا آج اتوار ہے۔ ناشتہ سے فارغ ہو کر اسی بلڈنگ میں فرّخ سے ملنے کے لئے چل پڑا۔ دل عجیب طرح دھڑک رہا تھا۔ جذبات میں ایک تلاطم تھا۔ فلیٹ نمبر گیارہ پر پہنچ کر میں نے کال بیل دبائی۔ ایک بڑھیا باہر نکل آئی اور مجھ سے میرا نام اور میری آمد کا مقصد پوچھنے لگی۔ میں نے اُسے بتایا" میں فرّخ سے ملنے آیا ہوں۔

"یہاں فرّخ نام کی کوئی لڑکی نہیں رہتی"۔ بڑھیا نے جواب دیا۔

"وہ لوگ پہلے تو یہیں رہتے تھے"۔ میں نے کہا۔

"ہو سکتا ہے۔ لیکن اب تو اس میں ہم لوگ رہتے ہیں"۔ اُس نے جواب دیا۔

میں بہت مایوس ہو کر آگے بڑھ گیا اور پڑوس میں دوسرے لوگوں سے فرّخ کے بارے میں دریافت کرنے لگا۔ کسی نے مجھے بتایا ایک سال پہلے وہ لوگ یہاں سے چلے گئے ہیں اور شاید جوہو پر ایک بڑے ہوٹل کے قریب رہتے ہیں۔ وہاں سے لوٹ کر میں کمرے میں آیا اور سارا دن اُداس سا بستر پر پڑا کچھ رسالوں کی ورق گردانی کرتا رہا۔ کسی کام میں جی نہیں لگ رہا تھا۔ شام کے چار

بجے تو خیال آیا، کیوں نہ جوہو پر فرّخ کو ڈھونڈوں۔ لیکن اتنے بڑے شہر میں ہزاروں انسانوں کی بھیڑ میں فرُخ کا پتہ لگانا ایک حماقت سے کم نہ تھا۔ اس خیال سے کہ سارے دن کی اُداسی اور پژمردگی دور ہوگی اور اتفاقیہ طور پر فرّخ بھی مل سکتی ہے، میں جوہو کے لئے نکل پڑا۔

سُورج غروب ہونے میں ابھی بہت دیر تھی۔ سمندر کے کنارے ریت پر سیکڑوں لوگوں کا ہجوم تھا۔ اُن میں زیادہ تر جوڑے تھے جو اتوار منانے ادھر نکل آئے تھے۔ نہانے کا لباس پہنے لڑکیوں کی ٹولیاں آزاد پنچھیوں کی طرح ریت پر دوڑ رہی تھیں۔ سمندر کی بے چین موجیں ریت پر ٹوٹ پڑتی تھیں جیسے وہ بھی کچھ ڈھونڈ رہی ہوں۔ میں لوگوں کی بھیڑ میں فرُخ کو تلاش کرتا ہوا لُٹا لُٹا سا چل رہا تھا۔ ایسا معلوم ہوتا تھا کنارے کی طرف آتی ہوئی ہر موج میری طرف بڑھ رہی ہے اور وسیع سمندر کی گہرائیوں مجھے نگل لیں گی۔ میں سچ مچ زندگی کے کارواں کا تنہا بھٹکتا راہی ہوں۔ ایک لُٹا ہوا مسافر جو ریت کے نقشِ قدم کے پیچھے بھاگا بھاگا منزل کو پانے کی سعیٔ ناکام کر رہا ہو۔ جب سمندر میں سورج کا دہکتا ہوا گولا غروب ہونے چلا اور پرندوں کی ٹولیاں اُڑنے لگیں تو لوگ بھی آہستہ آہستہ جانے لگے۔ میں بھی نڈھال اور مضمحل سا واپس ہونے لگا۔ ناریل کے درختوں کے جھُنڈ میں سے گزر کر میں جوہو کی نواحی بستی کی طرف چلنے لگا۔ اِس خیال سے کہ وہاں اُگھل کے بتائے ہوئے پتے پر فرُخ کو آخری بار ڈھونڈ لوں گا "سن این سینڈ" ہوٹل کے قریبی ہٹس تک پہنچا ہی تھا کہ فرّخ کا باپ ایک بچی کو گود میں لئے کھڑا دکھائی دیا۔ میں نے پہلے تو اسے غور سے دیکھا۔ لیکن جب مجھے اطمینان ہوگیا کہ میرا خیال صحیح ہے تو میں نے آگے بڑھ کر اُسے سلام کیا اور اپنا نام بتایا۔ چند لمحوں تک تو وہ مجھے اپنی بوڑھی

آنکھوں سے دیکھ کر ذہن کے پردے اُلٹنے لگا۔ پھر ایکدم پکار اُٹھا۔

"اوہ ! شکیل میاں ! ادھر کہاں ؟"

"بمبئی آیا تھا۔ آپ لوگوں سے ملنے پُرانے مکان پر گیا تھا۔ وہاں پتہ چلا کہ آپ لوگ جوہو تو پر رہتے ہیں۔ یہ اتّفاق سمجھیے کہ آپ سے ملاقات ہوگئی۔ ورنہ . . . . ."

"آؤ آؤ بیٹا گھر چلو۔" یہ کہہ کر فرّخ کا باپ آگے بڑھنے لگا۔ چلتے چلتے وہ ایک ہٹ کے سامنے رُک گیا۔ پہلے مجھے پھر اپنی ہٹ کو دیکھکر ایکدم اُداس ہوگیا۔

"آؤ شکیل اندر آؤ۔" یہ کہہ کر وہ اندر چلا گیا۔

میں سکتے کے سے عالم میں باہر ہی کھڑا سوچ رہا تھا کہ اتنی خوبصورت عمارت میں رہنے والی فرّخ اس ہٹ میں کیوں رہنے لگی ہے۔ کن حالات نے اُسے بلندی سے پستی کی طرف پھینک دیا ہے۔ زندگی کا یہ کیسا چکّر ہے؟ وقت کا بے رحم دریا اپنے ساتھ کمزور تنکوں ہی کو کیوں بہالے جاتا ہے۔ یکبارگی میرے ذہن میں فرّخ کا وہ جملہ گونجنے لگا جو اُس نے سمندر کے کنارے کہا تھا ـــ "سمندر کے پانی کا بھروسہ نہیں۔ موجیں یکدم بڑھ جاتی ہیں . . . ." اور حالات کی موجوں نے بڑھ کر فرّخ کو اپنی لپیٹ میں لے لیا۔ مجھے خبر تک نہ ہوئی۔

ہٹ کے دروازے پر لٹکے ہوئے پردے میں جنبش ہوئی اور میں میری پانچ برس پُرانی کہانی کو، بیتے ہوئے وقت کو اور کھوئی ہوئی بہاروں کو اپنے سامنے دیکھنے کے لئے تیار ہونے لگا۔ پردہ ہٹا تو میں نے دیکھا۔ ایک بڑھیا مجھے دیکھ کر اپنے ذہن میں کچھ کرید رہی ہے۔ میں نے ایک ہی نظر میں پہچان لیا کہ وہ فرّخ کی ماں ہے۔

"تم آئے ہو شکیل! اندر آ جاؤ نا۔" اس نے بہت خلوص سے کہا۔
میں ہٹ کے اندر چلا گیا۔ بظاہر میں فرخ کی ماں کی طرف متوجہ تھا۔ لیکن میری نظریں فرخ کو ڈھونڈ رہی تھیں۔ قریب ہی ایک گوشے میں چارپائی پر کوئی بیمار لڑکی لحاف اوڑھے لیٹی تھی اور اس کے قریب ہی فرخ کا باپ اور بھائی بہن کھڑے تھے۔ سب لوگوں کے فق چہرے اور پریشانی کا عالم بتا رہا تھا کہ مریض کی حالت نازک ہے۔

"فرخ کہاں ہے اماں؟" میں نے بے ساختگی کے عالم میں پوچھا۔
"وہاں چارپائی پر پڑی ہے نا بیٹا۔ اس کی حالت بہت نازک ہے۔" اس نے رندھی ہوئی آواز میں کہا۔

میرے پیروں تلے سے زمین نکل گئی۔ کیا میرے مقدر میں غم اور محرومیاں ہی لکھی ہیں؟ میں نے فرخ سے ملنے میں کتنی دیر لگا دی! میں ایک عجیب الجھن میں تھا۔
میں اس کی چارپائی کے قریب گیا۔ وہاں ہڈیوں کا ایک پنجر پڑا تھا۔ بے حس و حرکت۔ صرف آنکھیں کھلی تھیں۔ میں نے بات کرنے کا ارادہ کیا تو اس کے باپ نے انگلی سے خاموش رہنے کا اشارہ کیا۔ سب لوگ خاموش فرخ پر نظریں جمائے کھڑے تھے۔ جیسے کسی قریب مرگ مریض کے قریب کھڑے ہوتے ہیں۔ فرخ کی آنکھوں کی پتلیوں میں جنبش ہوئی اور اس کی بے جان سی نگاہیں مجھے بغور دیکھنے لگیں۔ لمحے دو لمحے بعد اس کی پیشانی پر کچھ لکیریں ابھریں۔ سوکھے ہونٹ کانپنے لگے۔ شاید وہ کچھ کہنا چاہتی تھی۔ پھر اس نے اپنے ہاتھ سے ایک اسٹول کی طرف اشارہ کیا۔ یکلخت میری آنکھوں سے آنسو ٹپک پڑے اور میں اس اسٹول پر بیٹھ گیا۔

اُس نے اب گردن میری طرف موڑ دی۔

'سمندر کے پانی کا کوئی بھروسہ نہیں۔ موجیں ایکدم بڑھ آتی ہیں ....

'تم نے مجھے کیوں روکا؟

'کیا تمہیں ڈوبنے کے لئے چھوڑ دیتی؟'

"میں ڈوب جاتا تو کیا ہوتا؟"

'میں بھی تمہارے ساتھ ڈوب جاتی ـــــ!' میں نے سوچا اور میری آنکھوں سے کئی آنسو اور ٹپک پڑے۔ پھر اُس کے باپ نے مجھے خاموش رہنے کا مشورہ دیا۔ اور میں نے رومال سے آنسو صاف کر لئے۔

میں اب بھی اُس کی نگاہوں کی گرمی محسوس کر رہا تھا۔ جو بول رہی تھیں، باتیں کر رہی تھیں۔

'شکیل! تم اتنے برس کہاں رہے۔ میری کوئی خبر نہ لی۔ دیکھو نا میرا کیا حال ہوا ہے۔ میں نے تمہیں ہر خوشی اور غم کے موقع پر یاد کیا۔ سورج کے طلوع و غروب پر یاد کیا، بہاروں کی مستیوں اور خزاؤں کی اُداسیوں میں یاد کیا۔ تم مجھے کیوں بھول گئے؟ شکیل! کیوں بھول گئے؟؟

فرخ! میں آ گیا ہوں۔ میں! ـــ میں شکیل!! تم اچھی ہو جاؤ گی! تم ضرور اچھی ہو جاؤ گی!" میں آخر بول پڑا اور جواب کے لئے اس کے لبوں کی جنبش کا منتظر تھا۔

"اب یہ بات نہیں کر سکتی بیٹا! وہ سُن کر سمجھ سکتی ہے کہ ہم کیا بول رہے ہیں۔ وہ نیم بے ہوشی کے عالم میں ہے۔ مہینے بھر کی بیماری میں اس کا یہ حال ہوا ہے۔"

فرُخ کی ماں نے مجھ سے کہا۔

"انہیں دواخانے کیوں نہیں لے جاتے ؟" میں نے پوچھا۔

ڈاکٹروں نے جواب دے دیا تو دواخانے سے گھر لائے ہیں بیٹا! اب یہ دعا ہی سے اچھی ہوسکتی ہے۔ فرُخ کی ماں نے رُندھی ہوئی آواز میں کہا۔

چارپائی کے گرد کھڑے ہوئے بچے بھی روہانسی صورت بنائے کھڑے تھے اُن کو پتہ نہیں تھا کہ یہ سب کچھ کیا ہورہا ہے۔ ایک تین چار سالہ بچی جو ہوبہو فرُخ جیسی تھی۔ فرُخ کے باپ کے پاس خاموش بیٹھی تھی۔ دوسری بچی فرُخ کے نزدیک کھڑی رو رہی تھی۔

"امّی! اُٹھو.... دُودُو دو" اس بچّی نے فرُخ سے لپٹ کر کہا۔

میں نے یکبارگی حیرت کے عالم میں فرُخ کی طرف دیکھا۔

"کیا تم اس بچّی کی ماں ہو؟ تمہاری بھی شادی ہوچکی ہے؟ تمہارا شوہر کہاں ہے؟ کیا تمہاری بیماری کا اُسے پتہ نہیں؟" میں سوچتا چلا گیا۔

"اس کا دُولہا جنگ میں مارا گیا۔ اُسی صدمے نے تو اس کا یہ حال کیا ہے"۔ فرُخ کے باپ نے کہا۔

"ہاں شکیل میری شادی بھی ہوگئی یہ میری چھوٹی بچی ہے۔ وہ دیکھو بڑی لڑکی پروین نانا کی گود میں بیٹھی ہے۔ کتنی مایوس اور غمگین ہے وہ بھی۔ میں نے تمہارا بہت انتظار کیا۔ بہت! جب تم نہ آئے تو میں شادی کے لئے تیار ہوگئی۔ میرا شوہر بیچارہ مجھ سے بے حد پیار کرتا تھا۔ لیکن میں نے اس کے پیار کا جواب محبت سے نہیں دیا۔ میں ہمیشہ کھوئی کھوئی اور اداس رہتی تھی۔ آہستہ

آہستہ آہستہ غموں اور مایوسیوں نے میرے دل میں گھر کر لیا۔ اس میں اُس کا کوئی قصور نہ تھا۔ وہ تو میرے آرام کا ہر طرح خیال رکھتا تھا۔ میری خاموشی اور اداسی کو نفرت سمجھ کر اُس نے مجھ سے دور ہی رہنے کی ٹھان لی اور فوج میں بھرتی ہو گیا۔ ایک دن وطن کی پکار پر اُسے محاذِ جنگ پر جانا پڑا۔ اس کی جُدائی میں مجھے محسوس ہونے لگا کہ وہ میری زندگی کے سوکھے پتّے کو سنبھالنے والا ایک درخت تھا۔ ایک دن اطلاع آئی کہ وہ لڑائی میں کام آ گیا۔ اُس روز تو میری دنیا ہی لٹ گئی۔ میری ماں نے میرے ہاتھوں کی رنگ برنگی چوڑیاں توڑ دیں۔ تم اُس وقت بھی نہیں تھے جب مجھے نئی نئی چوڑیاں پہنائی جا رہی تھیں، اور اُس وقت بھی نہیں جب وہ توڑی جا رہی تھیں۔ میں دلہن بھی بنی اور بیوہ بھی ہوئی۔ تمھیں کچھ پتہ نہیں۔ تم آج اتنے برسوں بعد میرے گھر آئے ہو۔ اب جبکہ میرا چمن لُٹ چکا ہے۔ آرزوؤں نے انتظار کی تاب نہ لا کر دم توڑ دیا۔ میں تمھیں کیا دے سکتی ہوں؟... کیا دے سکتی ہوں؟؟'

فرخ کی نگاہیں بولتی چلی گئیں ——— اور ——— وہ اپنا ہاتھ بستر پر پٹخنے لگی۔ شاید اُس کی روح کا پنچھی، جسم کی دیوار کے شیشے سے ٹکرا کر باہر نکلنے کی ناکام کوشش کر رہا تھا۔

" فرخ تمھیں کیا ہو رہا ہے؟ اِنھیں تھوڑا پانی پلاؤ۔ دیکھو ان کے ہونٹ کتنے سوکھ گئے ہیں۔" میں نے فرخ کے بھائی سے مخاطب ہو کر کہا۔

اُس کا بھائی گلاس میں پانی لایا۔ میں نے گلاس اس کے ہاتھ سے لے لیا اور فرخ کی طرف دیکھنے لگا۔ میرا ہاتھ کانپ رہا تھا۔ ایک لمحہ کے لئے فرخ

کے اُداس اور ڈوبتے ہوئے چہرے پر مسکراہٹ کی لکیریں بمشکل ابھریں۔

"شکیل! تمہیں یاد ہے نا وہ شام جب ہم نے ایک ہی ناریل سے پانی پیا تھا"؛ فرّخ کی نگاہیں بولیں۔

ہٹ کی مغربی کھڑکی سے ڈوبتے سورج کی آخری کرنیں فرّخ کے چہرے پر پڑ رہی تھیں۔ اس ڈوبتی روشنی میں شاید فرّخ نے محسوس کیا جیسے اس وقت وہ نہ ماضی میں ہے اور نہ مستقبل میں، بلکہ صرف گزرنے والے وقت کی آہٹ سُن رہی ہے۔ سچ مچ کمرے میں کسی کے قدموں کی آہٹ کی طرف متوجہ ہو گئی اور اس کی نظریں دیوار پر لگی ہوئی ایک سپاہی کی تصویر پر جم کر رہ گئیں۔ شاید وہ اس کے شوہر کی تصویر تھی اور شاید فرّخ اپنے گرد کہیں اپنے شوہر کے مضبوط فوجی جوتوں کی آہٹ سن رہی تھی۔

"مجھے معلوم تھا۔ میری بیماری کی خبر سُن کر تم ضرور آؤ گے۔ میں نے زندگی میں تمھیں کوئی سُکھ نہ دیا۔ میں تم سے نفرت نہ کرتی تھی لیکن مجھے زندگی سے پیار بھی نہ تھا۔ میں گنہ گار ہوں مجھے تم مُعاف کر دینا"؛ اُس نے سوچا۔

اُس کے ہونٹ وا ہوئے اور میں نے اُسے دو گھونٹ پانی پلا دیا۔ آہستہ آہستہ طوفان تھما۔ اُس نے آنکھیں بند کر لیں۔ میں نے اُس کی نبض دیکھی تو بخار کی حرارت زیادہ نہ تھی۔ اُس کی بڑی لڑکی نانا کی گود میں سو چکی تھی اور چھوٹی کو نانی نے دودھ پلا کر بہلا لیا تھا۔ مجھے اُن سب کی بے چارگی اور بے بسی کو دیکھ کر بہت ترس آیا۔

"یہ طوفان کیسے تھمے گا؟ کون اِنھیں سنبھالا دے گا؟ بہت سے سوالات

میرے ذہن میں اُبھرتے رہے۔

رات کے کوئی سات بج رہے تھے اور قریب کی "سن ین سینڈ" ہوٹل کا بینڈ اپنے ماحول سے بے پرواہ کوئی مغربی دُھن بجا رہا تھا۔

"اب اُس کی آنکھ لگی ہے۔ شاید کچھ آرام مل رہا ہے۔" اس کی ماں نے کہا۔

"جی ہاں۔ اب مجھے اجازت دیجئے۔" میں نے کہا۔

سب لوگ مایوس ہو کر میری طرف دیکھنے لگے۔

"کیا تم اب چلے جاؤ گے۔ تمہارے آنے سے ایک ہمت سی آئی تھی بیٹا۔ صبح چلے جانا۔" فرخ کی ماں نے کہا۔

میں بھی ایک پل کے لئے جانا نہ چاہتا تھا لیکن اُن کے چھوٹے سے گھر کو دیکھ کر میں نے اُنھیں تکلیف دینا مناسب نہ سمجھا۔ صبح جلد ہی پھر آنے کا وعدہ کر کے نکل آیا۔

اُس رات مجھے نیند بالکل نہ آئی۔ زندگی میں پہلی بار میں نے گڑگڑا کر فرخ کی زندگی کی دعائیں مانگیں۔

صبح سویرے اُٹھ کر میں نے اپنا سامان اکٹھا کر لیا۔ کیونکہ بمبئی میں یہ میرا آخری دن تھا۔ مجھے منگل کے دن ڈیوٹی پر پہنچنا تھا۔ کمرے کے کرائے کا حساب کتاب کر کے میں فرخ سے آخری ملاقات کرنے نکل پڑا۔ آٹھ بجے کے قریب اُس کے مکان پر پہنچا تو فرخ بستر پر تکیے کے سہارے بیٹھی دودھ پی رہی تھی۔ اُسے اِس عالم میں دیکھ کر میری خوشی کا کوئی ٹھکانا نہ رہا۔

مجھے دیکھ کر وہ مُسکرا دی۔ اس کی مسکراہٹ میں میں نے کتنی صُبحوں کے

اُجالے دیکھے۔ پھولوں کی شگفتگی اور سمندروں کے جھاگ کی سی تازگی دیکھی۔

"میں .... اگر.... ڈوب جاتی تو.... ؟؟ فرخ نے بھرّائی ہوئی نحیف آواز میں کہا اور اُس کی آنکھوں کے کونے بھیگ گئے۔

"میں تمہیں ڈوبنے نہ دیتا فرخ۔ دیکھو نا خدانے میری دعا سُن لی!"

"تم اب چلے جاؤ گے؟ فرخ نے رُکتے رُکتے پوچھا۔

"ہاں کل مجھے ڈیوٹی پر پہنچنا ہے۔" میں نے کہا۔

"کیا اب پھر پانچ برس بعد آؤ گے؟ فرخ نے مایوس ہو کر کہا۔

"نہیں فرخ میں جلد ہی واپس آجاؤں گا۔" میں نے کہا۔

"شکیل تم نے میرے لئے زندگی کا پیام لایا۔ پھر کہیں اتنے برس تک غائب نہ ہو جانا کہ انتظار میں میرا دم نکل جائے۔"

"یقین کرو فرخ! میں اب تمہیں لینے کے لئے آؤں گا۔" میں نے کہا۔

"نہیں نہیں شکیل! مجھ پر اب میرا بھی حق نہیں ہے۔ ماضی میرا ہے۔ لیکن حال میرا نہیں ہے۔ وہ اب اِس دنیا میں نہیں رہے۔ لیکن میرے جسم کا انگ انگ اُن کا ہے۔ اِس جسم کو سزا بھگتنا ہے۔ میں نے انھیں کوئی خوشی نہیں دی۔ اب اس جسم کو اذیت اٹھانے دو۔" فرخ نے کہا۔

"تم کیسی باتیں کرتی ہو فرخ! بیتی باتوں کو سینے سے لگا کر زندگی کو ویرانہ بنا لینا چاہتی ہو۔ مذہب اور قانون نے بھی تمہارے لئے جینے کے راستے بنائے ہیں۔" میں نے کہا۔

"شکیل میں اب اِن راستوں پر چلنا نہیں چاہتی۔ مجھے اپنے دل کے بنائے

بتائے ہوئے راستے پہ چلنے دو۔ مجھے زندگی میں تم تو نہ مل سکے۔ لیکن تمھاری محبت۔۔۔ تمھاری یاد تو مل چکی ہے۔ اتنی ساری زندگی میں کچھ بھی میرا نہیں —— لیکن خواب تو میرے ہیں۔ اُس نے کہا۔

اتنے میں فرخ کا بھائی، فرخ کی تین سالہ بچی پروین کو گود میں لیئے اس کے قریب آگیا۔

"تم بوری بندر جا رہے ہو ساجد؟" فرخ نے پوچھا۔

"جی ہاں —" اس نے کہا۔

"شکیل جاتے جاتے تم میرا ایک کام کرو گے؟" فرخ نے مجھ سے کہا۔

"بولو کیا ہے؟" میں نے کہا۔

"ذرا اُسے بوری بندر تک پہنچا دو۔ ساجد بچی کو چھوڑنے جا رہا ہے"

"کس کے ہاں؟" میں نے سوال کیا۔

"وہاں میں نے اسے ایک آشرم میں داخل کرا دیا ہے۔ ہر اتوار کو میں اُسے بلا لیتی ہوں اور سوموار کو بھیج دیتی ہوں۔"

یہ سُن کر مجھے ایک دھچکا سا لگا۔ خدا نے فرخ کو اتنا صبر کہاں سے دیا ہے۔ اتنے صدمے سہنے کی تاب اِس میں کیسے آئی۔

"فرخ میں تم سے ایک آخری خواہش کرنا چاہتا ہوں۔" میری آواز بھرا گئی۔

"بولو شکیل!" اُس نے مجھے دلاسہ دیتے ہوئے کہا۔

"یہ بچی مجھے دیدو۔" میں نے کہا۔

یکایک فرخ کا تنفس بڑھ گیا۔ اُس کے ہاتھوں سے پانی کا گلاس چھوٹ کر

فرش پر گر پڑا۔ اُس کی نگاہیں اپنے شوہر کی تصویر کی طرف اُٹھ گئیں۔ آنکھوں سے آنسو نکل کر گالوں پر ڈھلک آئے۔ وہ چُپ ہوگئی۔ ماں کی طرف دیکھنے لگی۔

"لے جانے دے بیٹی۔ اپنی بچّی سُکھی رہے گی۔" اُس کی ماں نے کہا۔

"یہ میرے بیٹے کے ساتھ رہے گی، اُس کے ساتھ پڑھے گی، اُس کے ساتھ کھیلے گی۔" میں نے کہا۔

فرّخ نے میری طرف عجیب نظروں سے دیکھا۔ میں دیکھ رہا تھا، وہ خالی خالی نگاہوں سے مجھے دیکھتے ہوئے مستقبل کی راہوں پر بہت دُور چلی گئی تھی۔ اُس نے شاید اپنی بیٹی کو کھیلتے ہوئے، اسکول جاتے ہوئے اور پھر خوبصورت دلہن بنتے ہوئے دیکھا۔ ایک اطمینان کی لہر اُس کے چہرے پر اُبھر آئی۔

"اچھا لے جاؤ۔ لیکن یہ میری امانت ہے۔" اُس نے کہا

"میں یہ امانت سنبھال کر رکھوں گا۔ اپنی اولاد کی طرح!"

بچّی کی نانی نے اُس کے کپڑے بدلے، دُودھ پلایا اور اُسے میری گود میں دے دیا۔ بچّی خوشی خوشی میرے پاس آگئی۔ ہنستی تھی تو فرّخ کی طرح اُس کے گالوں میں بھی گڈھے پڑتے تھے۔ میرے گرد سارے گھر والے کھڑے تھے۔ کوئی بچّی کو پیار کر رہا تھا۔ کوئی اُسے بسکٹ دے رہا تھا۔ فرّخ نے ہاتھ بڑھا کر اُسے میرے پاس سے لیا اور اس پر بوسوں کی بوچھار کر دی "پروین! میری پروین!!" وہ لرزتی آواز میں پکارتی جا رہی تھی۔ اُس نے پھر بچّی کو میرے حوالے کر دیا۔ جذبات کے عالم میں میرا سینہ بھی بھر آیا تھا۔ میں نے یہ سوچ کر اجازت چاہی کہ کچھ دیر

ٹھہروں گا تو آنسو ضبط نہ کر سکوں گا۔ نانی نے مجھے اور پروین کو کانپتے ہاتھوں سے امام ضامن باندھا۔

سب سے مل کر میں فرّخ کے پاس گیا کہ دو باتیں کروں۔ لیکن آنکھوں سے آنسو پہلے ڈھلک آئے اور جیسے میری زبان گُنگ ہو گئی۔ میں دیکھ رہا تھا فرّخ بھی رو رہی تھی۔ اُس کی بھی قوتِ گویائی جواب دے چکی تھی۔ میں فوراً باہر آگیا۔ فرّخ دروازے کے سہارے دہلیز پر کھڑی مجھے دیکھتی رہی۔ آنکھوں سے آنسو اُسی طرح بہہ رہے تھے۔ چھوٹے بچے بہت دُور تک میرے ساتھ آئے۔ جوہو کے ناریل کے درخت بھی جیسے سہمے سہمے کھڑے تھے۔ میں نے جاتے جاتے دُور سے مُڑ کر دیکھا اور آواز دی۔ "میں پھر آؤں گا۔ میرا انتظار کرنا ——————!!

○

زندگی اک گیت ہے

جمیل نے اِس بار پھر اس لڑکی کے گانے کا ذکر کیا تو جیسے رسیلے گیت کی طرح میرا وجود بھی فضاؤں میں پھیل کر تحلیل ہونے لگا۔ ایسا معلوم ہوا جیسے میں ایک لمحے کے لئے اس گاؤں میں پہنچ چکا ہوں جہاں وہ لڑکی رہتی ہے۔ جہاں جہاں وہ گیت بستے ہیں۔ میں نے اب تک اس گاؤں کو دیکھا تھا اور نہ وہاں رہنے والی اس لڑکی ہی کو جس کے بارے میں سنتے سنتے میں اس سے بہت مانوس ہو چکا تھا۔ جمیل جب بھی اس گاؤں سے چھٹیوں میں اپنے شہر آتا اس لڑکی کی آواز اور اس کے میٹھے رسیلے گیتوں کا ذکر خاص طور پر آتا۔ اکثر انھیں بیان کرتے کرتے اس پر ایک سرور کی سی کیفیت طاری ہو جاتی مجھے تو ایسا معلوم ہوتا جیسے جمیل اس کے گیتوں کا ذکر بالکل نہیں کر رہا ہے۔ وہ لڑکی خود مجھے گیت سنا رہی ہے۔ بعض اوقات وہ اس کی آواز کا مشہور

گانے والیوں کی آواز سے تقابل کرتا اور اس کی آواز کو سب پر ترجیح دیتا جمیل کی زبانی گاؤں کے بارے میں سُنتے سُنتے میرے ذہن نے اس گاؤں کا ایک نقشہ بنا لیا تھا۔ میں اپنے تصور میں دیکھنے لگتا کہ چھوٹی چھوٹی پہاڑیوں کی گود میں کچھ بستیاں آباد ہیں۔ کہیں کہیں بہت دور تک صرف میدان ہی میدان نظر آتا ہے۔ وہاں کھڑے ہوئے ناریل کے اونچے درخت اس بات کا پتہ دیتے ہیں کہ ان کی گود میں ایک تالاب ہے۔ ناریل کے درختوں کے اُس پار گیہوں کے کھیتوں کے قریب ہی ایک چھوٹا سا مکان ہے جہاں سنٹرل اِکسائز کے چند ملازمین رہتے ہیں۔ اس کے بغل ہی کے ایک چھوٹے سے مکان سے صبح اور شام گیت اُبلتے ہیں۔ میرے ذہن میں اس گاؤں کے ہمیشہ ایسے ہی خاکے بنتے اور وہاں سے اٹھنے والے گیت ایک ہی طرح سے میری روح میں گونج اٹھتے۔ جہاں اس لڑکی کی آواز کے بارے میں سُن کر میرے دل کے تار لرز اٹھتے   ۔ وہیں خود اس کے بارے میں سوچتے ہوئے وہ ٹوٹ بھی جاتے۔ کیونکہ وہ لڑکی کبڑی تھی۔ پیاری آواز کے لحاظ سے اس لڑکی کو کبڑی ماننے میں میرا ذہن پس و پیش کرتا۔ دل پر تاسف کی ایک عجیب کیفیت چھا جاتی۔ اس کے بارے میں سوچتے ہوئے مجھے اس مورنی کا خیال آجاتا جس کے پر تو رنگوں کی ایک دنیا ہوتے ہیں۔ لیکن پاؤں نہایت بدصورت۔ یا ایسا معلوم ہوتا جیسے کسی نے غلطی سے پھول پر پتھر رکھ دیا ہے۔ اور پھر اگر ایسی لڑکی جوانی سے دو قدم کے فاصلے پر ہو تو ایک حساس دل پر کیا کچھ نہ گزرے گی۔ اس کے مبہم مستقبل کا خیال کرتے ہوئے اس   کبڑی پیٹھ کا خیال کرتے ہوئے جو اس کی تمناؤں کا مزار بنتا

جا رہا ہے۔ وہ لڑکی اپنی پیٹھ پر وہ مزا لیئے جانی کی ان وادیوں کی طرف بڑھ رہی تھی۔ جہاں پہلے ہی اس کی دو بہنیں پہنچ چکی تھیں۔ وہ اپنی ان بہنوں کو بڑی حسرت اور مایوسی سے دیکھتی جیسے کوئی قیدی سلاخوں میں سے کسی راہ رو کو دیکھتا ہے۔ راتیں اس کے لئے مایوسی کا پیغام لاتیں۔ اور دن امیدوں کے دھندلے خاکے۔ وہ گھڑی کے ایک رقاص کی طرح دن اور رات کے درمیان لٹک رہی تھی۔ جمیل کہتا، صبح کی پہلی کرن کے ساتھ ہی لسے گیتوں کے بول سنائی دیتے جن میں اتنا درد ہوتا، اتنی مٹھاس ہوتی کہ اس کی آنکھیں بھر آتیں۔ اور پھر رات کی آمد پر بھی وہ ٹوٹی دیوار کے پاس کھڑی ہو کر ہر روز کوئی گیت گاتی رہتی شاید اس کے گیتوں میں اس کے دل کی دبی ہوئی خواہشیں گونجتیں۔ اور بجھی ہوئی حسرتیں آواز کا روپ دھارتیں۔

اس بار جب جمیل اپنے تبادلے کی کوشش کے لئے شہر آیا تو اس نے باتوں باتوں میں پھر وہی گیتوں کے دیئے سلگائے۔ جن کی روشنی میں میری روح کا ذرہ ذرہ جگمگانے لگا۔ پہلے کی طرح وہ اب بھی کہنے لگا "تمہیں ضرور اس لڑکی کا گانا سنواؤں گا۔ اس لڑکی کے گیت سن کر تم مدہوش ہو جاؤ گے"۔ جب کوئی کسی کی تعریف بار بار سنے تو بے اختیار اس سے ملنے کو جی چاہتا ہے۔ میرے دل میں بھی اس لڑکی کی آواز سننے کی تمنا بادلوں کے ٹکڑوں کی طرح جمع ہو کر گہری ہوتی جاتی۔ کبھی کبھی تنہائی میں اس بے چاری کبڑی لڑکی کا خیال کرتے ہوئے میں ایک گہری سوچ میں ڈوب جاتا۔ اس کے مستقبل پر غور کرتے ہوئے میرے تصور پر اداسی سی گرنے لگتی۔

میں سن چکا تھا کہ اس لڑکی کا باپ بھی اس گاؤں کے ایک اسکول میں مدرس ہے اور بیوی کے انتقال کے بعد اُس پر فکروں کا دونا بوجھ پڑ چکا ہے۔ ایک لڑکی کی تو وہ شادی کر چکا تھا۔ اب اسے دو اور لڑکیوں کی شادیاں کرنی تھیں۔ جن میں ایک تو ابھی پڑھ رہی تھی۔ اور دوسری تیرہ سالہ کبڑی لڑکی گھر کا کام کاج سنبھالے ہوئے تھی۔ باپ کو ہمیشہ اس کبڑی لڑکی کی شادی کی فکر ستاتی رہتی جمیل کہتا کہ بوڑھا مدرس راتوں میں دیر تک مطالعہ کرتے ہوئے عینک میں سے اپنی کبڑی بیٹی کو اکثر ایک ہی کروٹ سوئے ہوئے دیکھ کر مغموم ہو جاتا۔ چند لمحوں بعد دو شفاف سے موتی اس کی عینک کے دونوں حلقوں پر آنکھوں سے ڈھلک پڑتے اور چہرے کی جھرّیوں میں پھیل کر غائب ہو جاتے۔ گرمی کے دنوں میں وہ شام کو بازار سے آتے ہوئے اپنی بیٹی کے لئے پھولوں کے خوبصورت گجرے لاتا۔ اور دروازے ہی کے پاس سے اپنی چھوٹی بیٹی کو آواز دیتا "میری نجو بیٹی کہاں ہے؟ اس کے لئے کتنے اچھے پھول لایا ہوں!"

پھر چند مہینوں کے بعد جمیل اپنی ماں کی بیماری کی اطلاع پا کر شہر آیا۔ کچھ روز شہر میں رہ کر رخصت ختم ہونے پر وہ واپس جانے لگا۔ میں ہمیشہ کی طرح اُسے چھوڑنے اُس کے ساتھ اسٹیشن پہنچا۔ جاتے وقت جمیل کے چہرے پر خوشی کی پہلی سی کیفیت نہ ہوتی وہ مجھے اور اس شہر کو چھوڑتے ہوئے دکھ محسوس کرتا۔ ہم پلیٹ فارم پر گاڑی کا انتظار کرتے ہوئے باتوں میں مصروف تھے۔ کہ جمیل کو ایک بوڑھے نے بہت محبت سے آواز دی۔ اور آ کر گرمجوشی

سے باتیں کرنے لگا۔ کب آئے تھے۔ والدہ کی اب کیسی حالت ہے؟ کیا آج ہی چل رہے ہو؟" جب ابتدائی گفتگو ختم ہوئی تو جمیل نے اس بوڑھے سے میرا تعارف کرایا۔ اور کہا "یہ کہانیاں لکھتے ہیں"۔ آخر میں جب جمیل نے یہ کہا کہ "یہ میرے پڑوسی ہیں اور ان کی ایک لڑکی بہت اچھا گاتی ہے" تو میں سمجھ گیا کہ یہ اس کبڑی لڑکی کا باپ ہے۔ وہ میرے بارے میں پہلے سے کچھ نہ جانتا تھا۔ لیکن میں تو جمیل کی وجہ سے اس سے بہت زیادہ واقف تھا۔ اس لئے اس کی باتوں کو پوری توجہ اور دلچسپی سے سنتا رہا۔ اس بوڑھے نے بھی مجھ سے نہایت محبت بھرے لہجے میں باتیں کیں۔ باتیں کرتے کرتے وہ مسکرا کر مجھے اس انداز سے دیکھتا جیسے کوئی مجبور کسی بے فکر آدمی کو دیکھتا ہو۔ یا جیسے کوئی بیگانہ کسی کو اپنا بنانے والی نظروں سے دیکھتا ہو۔

اس بوڑھے سے اچانک ملاقات پر مجھے خوشی اس بات کی ہو رہی تھی کہ میرے ذہن میں بننے والی ادھوری کہانی کی کڑیاں مجھے آہستہ آہستہ ملتی جا رہی تھیں۔ پھر یوں ہی باتوں باتوں میں میں نے بوڑھے سے کہا۔

"اپنی لڑکی کو آپ نے شائد موسیقی کی تعلیم دی ہے؟"

"نہیں بیٹا اسے خود بچپن سے گانے کا شوق ہے۔ یوں تو میری تینوں لڑکیاں ہی کچھ نہ کچھ گا لیتی ہیں۔ لیکن چھوٹی لڑکی سب میں آگے ہے!"

"بہت کم لوگوں میں کوئی پیدائشی خوبی ہوتی ہے۔ میں نے کہا۔

"ہاں!"

بوڑھے نے ایک فکر میں ڈوبتے ہوئے کہا۔ شاید اسے اپنی لڑکی

کی کبڑی بیٹی کا خیال آ گیا تھا۔

" پھر آپ اپنی لڑکی کو موسیقی کی با قاعدہ تعلیم کیوں نہیں دلواتے ۔اچھی صلاحیت رکھنے والے بہت زیادہ ترقی کرسکتے ہیں ۔" میں نے کہا۔

ٹھیک ہے ، لیکن .... میں ایک غریب آدمی ہوں ایک غریب مدرس ، اس کے لیے کیا کرسکتا ہوں اور پھر زمانہ کیسا ہے یہ تو سب جانتے ہیں اچھے اچھے ہنر والے روشن مستقبل کے لئے ترس رہے ہیں۔ زمانے کی رفتار ہی بدل گئی ہے"

میں کوئی جواب دینے کی بجائے بے خیالی میں اس بوڑھے مدرس کی باتوں پر دھیان دینے لگا۔ اتنے میں گاڑی پلیٹ فارم پر اس بوڑھے مدرس کی زندگی کی طرح آہستہ آہستہ حرکت کرتے ہوئے آئی۔ اور ایک جگہ رک گئی۔انجن کے منہ سے بھاپ آہوں کی طرح نکلنے لگی۔ اور اس کا سینہ اپنے اندر بے شمار چنگاریوں کو چھپائے ہوئے دہکنے لگا۔ ہم تینوں ایک ڈبے میں جا بیٹھے۔جمیل نے اپنا بستر برتھ پر ڈال دیا۔ اور پھر ہم باتوں میں مصروف ہو گئے۔ کچھ دیر بعد ایک عورت ایک بچّی کو گود میں لئے ہمارے ڈبے میں سوار ہوئی۔جس کا ایک پیر گھٹنے کے پاس سے کٹا ہوا تھا۔ بوڑھا باتیں کرتے ہوئے اس لڑکی کو ہمدردی سے دیکھنے لگا۔ اُس سے نہ رہا گیا تو آخر اس نے کہہ دیا۔

" لڑکی معذور ہو تو بیچارے والدین کو کسی دن چین سے نیند نہ آتی ہو گی۔ ایک تو اس زمانے میں لڑکی کا باپ ہونا ہی بڑی پریشانی ہے۔ اور اگر کسی لڑکی میں ایسا کوئی

عیب ہو تو خود اپنے بارے میں سوچ سوچ کر اس کا دل کتنی ہی بار بیٹھ جاتا ہوگا!
یہ کہہ کر بوڑھے نے ایک ٹھنڈی سانس لی۔ اس کے لہجے کی دردانگیزی
اس کی یاس میں ڈوبی ہوئی آنکھیں اور اُن کے اطراف کی لکیریں اس بات کا پتہ دیتی تھیں کہ وہ بھی کسی ایسی ہی لڑکی کا باپ ہے۔

"پھر بھی اُن کے مستقبل سے وقت سے پہلے ہی مایوس نہ ہونا چاہیے۔ جمیل نے دل رکھنے والی بات کہی۔

"لیکن معصوم زندگیوں سے قدرت کا یہ کیسا مذاق ہے؟ میں نے کہا۔

بوڑھا کسی بات کا جواب دیئے بغیر ہم دونوں کو ایک پھیکی سی مسکراہٹ سے دیکھ رہا تھا۔ شاید وہ ہماری گفتگو سے نئے خیال کے نوجوانوں کے انداز فکر کو جانچ رہا تھا۔

گارڈ نے سیٹی بجائی۔ جیسے اس نے میری بات کی تصدیق کردی ہو۔ اور گاڑی میں ایک حرکت سی پیدا ہوئی۔ اس ڈبے سے یوں تو بہت سے ہاتھ ہلنے لگے لیکن میرے لئے صرف دو ہی ہاتھ ہل رہے تھے۔ میں بھی مُسکرا کر اپنا ہاتھ فضا میں ہلانے لگا۔ گاڑی مجھ سے دور ہوتی گئی۔ ایک کہانی مجھے مل کر دُور ہوتی گئی۔ اور آہستہ آہستہ وہ گاڑی اپنے ڈبوں میں ایسی کئی کہانیاں لئے ہوئے میری نظروں سے اوجھل ہوگئی۔

-

چند مہینوں کے بعد جمیل نے مجھے اس گاؤں سے ایک خط لکھا کہ

کا تبادلہ عنقریب ہی اس شہر میں ہونے والا ہے۔ اس نے مجھ سے خواہش کی تھی کہ میں اس کے گاؤں آ جاؤں تاکہ اس کی اور میری تمنا پوری ہو سکے۔ اس نے لکھا تھا کہ پھر شاید ایسا موقع ملے یا نہ ملے۔ اس کا یہ خط پا کر میری خوشی کی انتہا نہ رہی۔ اس گاؤں کے رسیلے گیت اپنے کانوں میں گونجتے محسوس ہوئے اور کبڑی لڑکی کی قابل رحم حالت دیکھنے کے خیال سے دل میں درد کی چاہت بڑھنے لگی۔ میں نے اسے نہیں دیکھا تھا، اور نہ اس کی آواز ہی سنی تھی۔ لیکن اُس کے بارے میں سوچتے ہوئے ہمیشہ مجھے ایک سکون ملتا۔ اس کے باپ کی درد بھری باتیں اور مایوسیاں بھی میں بھول نہیں گیا تھا۔ خط ملنے کے دوسرے ہی دن اُس گاؤں کو جانے والی ٹرین پر سوار ہوا۔ سفر بہت مشکل سے کٹا۔ ایک تو اکیلا پن اور دوسرے ایک نازک سی آرزو پوری ہونے کی خوشی۔ مجھے ایک پل چین نہ لینے دیتی تھی۔ ٹرین ابھی پٹریوں ہی پر دوڑتی ہوتی کہ میں کتنی بار خیالوں ہی خیالوں میں اُس گاؤں تک پہونچ جاتا۔ اس لڑکی کے گیت سننے لگتا اور اس کی تھوڑی کو ہاتھ لگا کر کہتا "پگلی!!! اتنی اچھی آواز پا کر بھی تم صرف مایوسی اور غم کے گیت کیوں گاتی ہو؟ گیتوں میں تمہارے دل کی فریادیں سن چکا ہوں۔ اپنے دل سے کہو کہ رونا چھوڑ دے۔ اُس کے ہنسنے کا وقت آ گیا۔ نہیں نہیں، گھبراؤ نہیں کہ تم میں کوئی عیب ہے۔ سوچو کہ تم نے کتنی بڑی خوبی پائی ہے۔ آواز کی جادوگری عطا ہوئی ہے تمھیں۔ بہاریں تمہاری آواز پر رک جاتی ہیں اور دل تمھارے گیتوں سے زندگی مانگتے ہیں۔۔۔۔۔۔، پھر ٹرین کا ایک جھٹکا مجھے خیالوں

کی دنیا سے اپنے ڈبے میں لے آتا۔ ڈبے کی کھڑکیوں میں سے آنے والی ہوائیں میرے احساس کی گرمی کو اپنی ٹھنڈک بخشتیں۔ اسی گاؤں اور اسی لڑکی کے بارے میں سوچتے ہوئے مجھے سفر کی اس تنہائی کے احساس میں کچھ کمی معلوم ہوئی۔ اور آخر میں اس گاؤں میں پہنچ گیا۔ جمیل کے بتائے ہوئے پتہ کی مدد سے اس کے مکان کی طرف چلنے لگا۔ راستہ میں ناریل کے درخت جیسے میرے استقبال کو کھڑے تھے۔ تالاب نے خوشی سے اپنی گود جیسے میرے لئے پھیلادی تھی۔ اور دور چھوٹی چھوٹی پہاڑیوں کی چوٹیاں نوعمر دوشیزاؤں کی طرح مجھے دیکھ دیکھ کر مسکرا رہی تھیں۔ اجنبی گاؤں کی محبت بھری ہوائیں مجھے اپنے دوش پہ لئے چل رہی تھیں اور اس کی پاکیزہ فضائیں میرے احساس میں جیسے امرت گھول رہی تھیں۔ میں پگڈنڈیوں پر سے ہوتا ہوا اس مکان کے قریب جا پہنچا جو گیہوں کے کھیتوں کے بازو ہی میں تنہا کھڑا تھا۔ ایک ٹوٹی دیوار مجھے نظر آرہی تھی۔ اور پھر جانے کیوں ایسا محسوس ہوا جیسے کوئی اس دیوار کے پاس کھڑا میرے خیالوں میں رچے ہوئے گیت گا رہا ہے۔ میرے ذہن میں بسی ہوئی دھنیں سنا رہا ہے۔ میں نے بڑھ کر دروازے کو کھٹکھٹایا۔ چھٹی کا دن تھا۔ اندر سے جمیل کی آواز آرہی تھی۔ اس نے باہر آکر مجھے دیکھا تو خوشی سے حیران ہوگیا۔ فرطِ مسرت سے وہ اپنے نئے دوستوں کو پکارنے لگا تاکہ میرا تعارف ان سے کرائے اور کہے۔

"دیکھو، میرا پرانا ساتھی آگیا ہے!"

اندر جاتے ہی سب سے پہلا سوال میں نے اپنی دلچسپی کا کیا۔

"کہاں رہتے ہیں وہ مدرس صاحب؟"

"اِسی دیوار کے اُس پار"

اُس نے ٹوٹی ہوئی دیوار کو بتاتے ہوئے کہا۔

کتنے اچھے ماحول میں رہتے ہو یار تم۔ صبح شام ایسے گیت تمہارا دل بہلاتے ہیں

میں نے سامان رکھتے ہوئے کہا اور کُرسی پر بیٹھا اس ٹوٹی دیوار کو بغور دیکھنے لگا۔ اس کے نیچے ہی کچھ جنگلی جھاڑیاں اُگ آئی تھیں۔ میری نظروں کے سامنے بہت دور تک ایک کھلا میدان تھا جس میں کہیں کہیں ناریل کے درخت سنتریوں کی طرح کھڑے تھے۔

"لیکن ——— اب تو یہ دیوار کھائے جاتی ہے!"
جمیل نے کچھ سوچتے ہوئے کہا۔

"کیوں؟"

"اب یہاں کوئی گیت سنائی نہیں دیتا۔
" وہ بجھتی ہوئی آواز سے کہنے لگا۔

"کیوں؟ کیا بات ہے؟" میں نے پھر سوال کیا۔

"ہوں؟؟ ——— وہ لڑکی ——— اچھّا تم کپڑے تو بدل ڈالو۔ باہر چلیں گے!" جمیل نے بات بدلتے ہوئے کہا۔

"آخر وہ گیت اب کیوں نہیں سُنائی دیتے؟ تم کچھ چھپا رہے ہو" میں نے بے چینی کو دور کرتے ہوئے کہا۔

یہ سن کر جمیل اس طرح بولنے لگا جیسے وہ مجبوری سے میرے سوال کا جواب دے رہا ہو۔

" آج سے شاید تین روز پہلے صبح صبح میں نے اس لڑکی کو بہت ہی دردناک انداز میں گاتے دیکھا۔ وہ اسی دیوار کے پاس کھڑی حسرت بھرا کوئی گیت گا رہی تھی۔ گاتے گاتے اُس کی آنکھوں میں آنسو آ گئے۔ اور آواز بھرّا گئی۔ پھر وہ چُپ کھڑی ہو کر دور فضاؤں میں دیکھتی رہی۔ سوچتی رہی۔ اور روتی رہی۔ اس وقت میں نے بھی اپنی آنکھوں میں نمی محسوس کی اور وہاں سے سیدھا اپنے کمرے میں آ گیا۔ میں نے سنا کہ وہ بہت دیر تک وہاں کھڑی رہی۔ پھر ہم لوگ دفتر چلے گئے۔"

"اس کے بعد کیا ہوا؟"

میں نے بے صبری سے سوال کیا۔

دفتر سے واپس ہوا تو معلوم ہوا وہ صبح سے گھر میں نہیں ہے۔ اس کا بوڑھا باپ رُندھی ہوئی آواز میں سب سے پوچھ رہا تھا۔

"کیا تم نے میری بچّی کو کہیں دیکھا ہے؟"

کسی نے کہا۔ وہ پہاڑیوں کی طرف جا رہی تھی۔ کسی نے کہا وہ تالاب کے کنارے بیٹھی ہوئی تھی اور کوئی کہہ رہا تھا وہ اپنی چوڑیاں، پھول وغیرہ گاؤں کے چھوٹے بچّوں کو دے رہی تھی۔"

"آخر کہاں گئی ہو گی وہ؟" میں نے سوال کیا۔

"یہ کوئی نہیں جانتا۔"

"وہ کیوں چلی گئی؟" میں نے پھر پوچھا

"اس کا باپ تو کہتا تھا، بہت مشکل سے ایک لڑکا اس سے شادی

کرنے تیار ہوا تھا۔ بہت دنوں تک وہ انھیں آس دلاتا رہا کہ وہ ضرور شادی کرے گا۔ کچھ دنوں بعد اس نے ارادہ بدل دیا اور ایک خط اس کے باپ کو لکھ دیا تھا۔ شاید وہ خط پڑھ کر اس لڑکی کے دل کو ٹھیس پہنچی ہو۔"

اتنا سُن کر مجھ سے ضبط نہ ہو سکا کہ میں وہاں اور ٹھہر سکوں۔ میں اٹھ کر پھر سامان سمیٹنے لگا۔ بغل کے مکان سے اس بوڑھے مدرس کی کھانسی کی آواز آ رہی تھی۔ اس وقت میرے دل میں ایک لہر سی آئی کہ چل کر اس بوڑھے کو گلے لگا کر تسلّی دوں اور کہوں کہ میں تمہاری پریشانی کا حل بن کر یہاں آیا تھا۔ اور پوچھوں اس بوڑھے سے کہ کیوں ایک جوانی کو بھٹکنے کے لئے چھوڑ دیا کیوں اسے کچھ دن روک نہ سکا۔ میں سامان اٹھا کر چلنے لگا۔ جمیل نے مجھے بہت روکنا چاہا۔ لیکن میں وہاں ٹھہرنے پر تیار نہ ہوا۔ خود جمیل کے آنے میں چند روز باقی تھے۔ میں سوچنے لگا ——

اب کسی چیز کی تمنّا اتنی شدت سے کبھی نہ کروں گا۔
گاؤں سے لوٹتے ہوئے میں سوچنے لگا ——

ایک کہانی یکا یک شروع ہوئی تھی اور یکا یک ختم ہو گئی کچھ بے نام سے گیت خیالوں میں ابھرے تھے جو اچانک سو گئے۔ سمجھوں گا کہ ایسی کسی لڑکی کے بارے میں میں نے کچھ نہیں سنا تھا۔ اُس کے گیت صرف خواب تھے اور اس کا وجود ایک سراب!!! پھر بھی یہ چھوٹے چھوٹے کچوکے روح کو کتنا جھنجوڑیں گے —— دل پہ حسرتوں کے کتنے بڑے داغ چھوڑیں گے ——!

●●